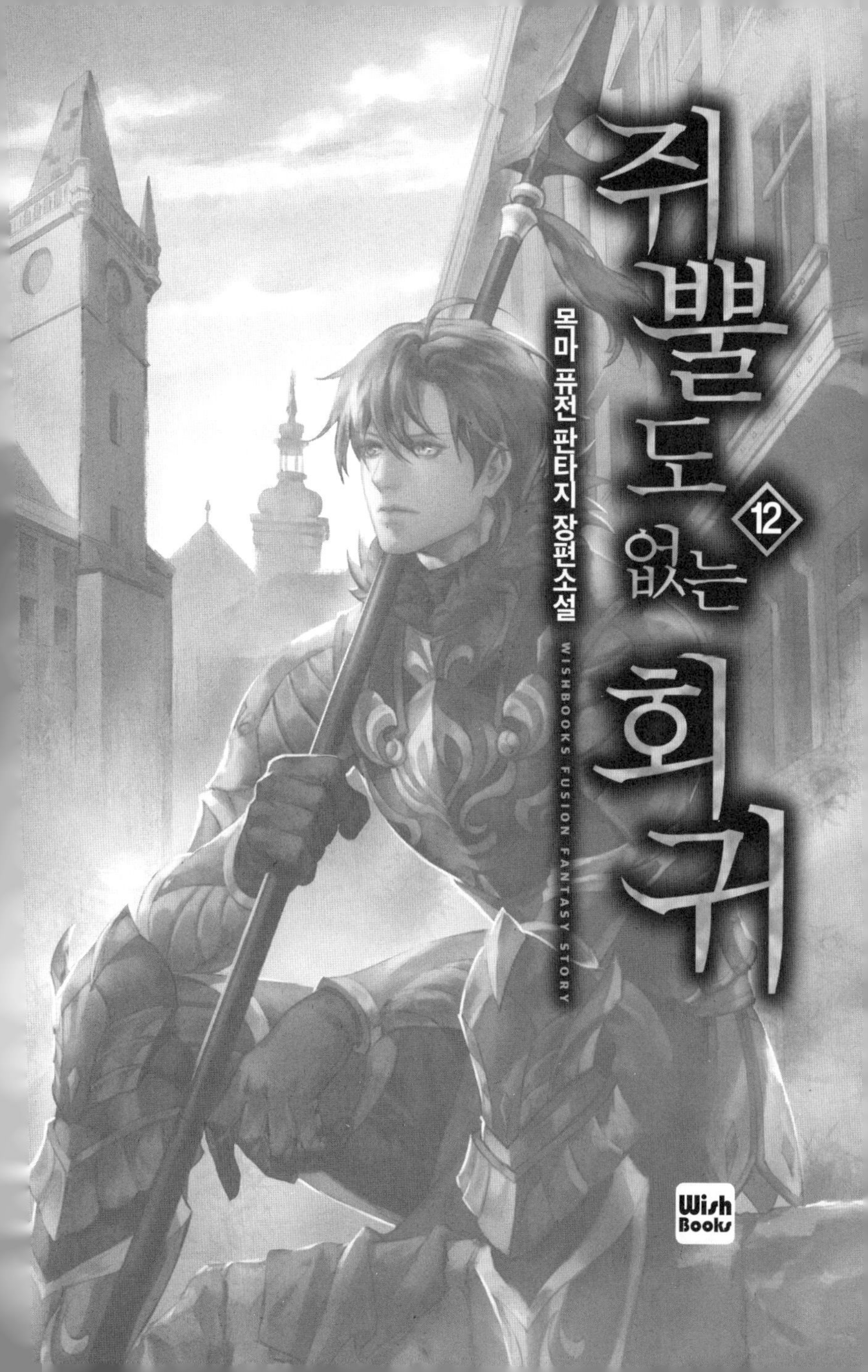
쥐뿔도 없는 회귀
12
목마 퓨전 판타지 장편소설
WISHBOOKS FUSION FANTASY STORY
Wish Books

쥐뿔도 없는 회귀

CONTENTS

1장
수난

어느 정도 흑룡협을 몰아세운 뒤에, 창왕은 창을 거두었다.

이대로 더 싸우게 된다면 진짜로 둘 중 하나는 죽어야 할 것이 틀림없었다.

솔직히 둘 중 누가 죽게 될지는 창왕 본인도 잘 알 수가 없었다.

'능구렁이 같은 새끼.'

흑룡협의 실력을 제대로 본 것은 이번이 처음이었으나, 흑룡협은 창왕의 상상 이상으로 강했다.

아직까지 어느 정도 여유를 두고 있는 것을 보니, 서로 전력을 다한다면 실력은 크게 차이가 없을 것 같았다.

창왕은 그 사실에 진한 아쉬움을 느꼈다. 마음 같아서는 이곳에서 전력을 다해 싸우고 싶었다.

하지만 그래서는 안 된다.

'즐거운 고민이로군.'

창왕은 몸을 뒤로 빼냈다.

귀창과도 싸움을 약속했다. 아직은 자신보다 약하기는 하지만, 같은 창수라는 점이 창왕의 가슴을 들뜨게 만들었다.

우선 귀창과 싸우는 것이 먼저다.

솔직히.

이쪽으로 다가오는 흉악한 존재감에 대해서도 진한 흥미가 느껴진다.

저놈과도 한번 싸워보고 싶은데. 창왕은 입맛을 쩝 다시면서 몸을 돌렸다.

'북쪽이 좋긴 좋아.'

창왕은 그런 생각을 하며 몸을 날렸다. 괜히 미련을 두지 않고 자리를 이탈하기 위해서였다.

그는 마음속으로 싸움 상대에 대해 순위를 매겼다.

우선은 귀창. 놈과 싸운 뒤에 다시 북쪽으로 오자. 그리고서 저 누군지 모를 존재감의 주인과 싸우면 된다.

흑룡협은 창왕을 쫓지 않았다. 그는 크게 숨을 몰아쉬면서 넝마짝이 된 장포를 벗어버렸다.

그는 멀어지는 창왕의 등을 노려보며 빠득 이를 갈았다.

"개새끼!"

상처는 입지 않았다. 견고한 드래곤의 비늘은 창왕의 매서운 공격에서 흑룡협의 몸을 온전히 보호해 주었다.

하지만 상처를 입지 않았다 하여도 불쾌하지 않은 것은 아니다. 설마 같은 천외천 소속인 창왕의 방해를 받을 것이라고는 생각도 하지 못했기 때문이었다.

'귀창은…… 갔나?'

아니, 그보다는. 흑룡협은 멀리서 다가오는 한기를 느끼며 머리를 휙 하고 돌렸다.

귀창이 아니다. 다른 놈이 이곳에 다가오고 있다. 누구인지는 모르겠지만…… 흑룡협의 얼굴이 뻣뻣하게 굳는다.

창왕과 비교해도 꿀리지 않는 존재감을 가진 놈이 오고 있다.

'설마…… 뱀파이어 퀸인가?'

혈혹의 제니엘라와 직접 만나 본 적은 없다. 하지만 다가오는 존재감은 만나 본 적이 없는 뱀파이어 퀸을 연상시킬 정도로 강렬했다.

뱀파이어 퀸과 싸우고 싶은 생각은 없다. 흑룡협은 땅을 박차고 위로 도약했다.

귀창이 이곳에서 벗어났다면, 더 이상 이 숲에 남아 있을 필요가 없다.

공중으로 뛰어오른 흑룡협을 시커먼 빛이 삼켰다. 드래곤으로 모습을 바꾼 흑룡협은 날개를 활짝 펴고서 보다 높이 날려 했다.

"윽?!"

하지만 흑룡협은 생각했던 것처럼 위로 날개를 펼쳐 날지 못했다. 그가 하늘로 날아오르자, 기다렸다는 듯이 수백 다발의 검은 마탄이 덮쳐왔기 때문이었다.

그것은 김종현이 남겨 놓은, 흑룡협을 위한 선물이었다.

몸 상태가 여의치 않아 자리를 이탈하게 되기는 했지만, 그렇다고 해서 의식을 방해한 흑룡협에게 한 방 먹이지 않고 싶었던 것은 아니었다.

무수히 많은 에너지탄은 흑룡협의 비늘을 꿰뚫기에는 미약했으나, 그의 날갯짓을 방해하기에는 충분했다.

그렇게 짧게나마 발이 묶인 사이에.

주원이 흑룡협의 위치까지 뛰어올랐다. 날개를 퍼덕거리며 마탄을 뿌리치던 흑룡협은, 자신이 비행하고 있는 높이까지 뛰어오른 주원을 보며 두 눈을 크게 떴다.

그는 급히 입을 크게 벌리며 주원을 물어뜯으려 들었다.

뱀파이어 퀸은 아니다. 그것은 두 눈으로 보아 확인했지만, 주원이 발하는 흉폭한 전의(戰意)는 흑룡협이 위협감을 느끼기에 충분했다.

주원은 자신을 물어뜯으려는 흑룡협의 주둥이를 향해 주먹을 휘둘렀다.

콰직!

커다란 소리와 함께 흑룡협의 머리가 옆으로 돌아갔다.

"크르륵!"

드래곤의 몸으로 싸우는 것은 익숙하지 않다. 흑룡협은 다시 폴리모프를 펼치려 하였지만, 그보다 주원이 흑룡협의 등 뒤로 뛰어오르는 것이 더 빨랐다.

그는 무덤덤한 얼굴로 손을 뻗어 흑룡협의 날개를 붙잡았다.

콰드득!

끔찍한 소리와 함께 흑룡협의 오른쪽 날개 죽지가 뜯겼다.

"크아아아!"

흑룡협이 비명을 지른다. 드래곤의 비늘과 뼈. 그 모든 것이 주원에게서 흑룡협을 보호해 주지 못했다.

버둥거리던 흑룡협의 몸이 아래로 추락한다. 그런 와중에도 흑룡협은 폴리모프에 성공해 다시 인간의 몸으로 되돌아왔다.

"너는 뭐냐!?"

흑룡협이 비명 같은 고함을 지르면서 양팔을 펼쳤다. 드래곤으로서의 싸움은 익숙하지 않지만, 인간으로서의 싸움은 익숙하다.

시커먼 강기가 일어서면서 흑룡협의 몸을 뒤덮었다. 끔찍한 힘의 폭풍이 주원을 덮쳤다.

함께 공중에서 추락하던 주원은 주저하지 않고 그 폭풍을 향해 파고들었다.

주원이 양손을 휘젓자 흑룡협이 일으킨 강기의 폭풍이 주원의 양팔에 찢겨 나갔다.

'라이칸슬로프!'

주원의 몸이 부풀더니 은회색의 털이 전신을 뒤덮는다. 권태뿐이었던 그의 두 눈이 난폭한 짐승의 것으로 변모했다.

포효와 함께 맨몸으로 쇄도하는 주원을 향해 흑룡협이 빠르게 손을 움직였다.

한 번의 손짓으로 수백 개의 장력이 연달아 쏘아진다.

반인반룡으로 수백 년을 살았다. 인간보다 훨씬 우월한 반인반룡의 육체를 가지고서도 무공을 수행하는 것을 건성으로 한 적은 없었고, 그렇게 순수하게 무의 경지로 초월지경에 도달한 흑룡협의 장법은 하늘을 깨부술 듯이 강맹했다.

하지만 주원의 행동에는 거리낌이 없었다.

귀랑문을 세우기는 했지만, 주원을 비롯한 귀랑문 소속 라이칸슬로프들이 무공을 익힌 것은 아니다.

문파를 세운 것은 그럴듯한 집단으로서의 정체성이 필요했을 뿐이었다. 하지만. 무공을 사용하지 않는다고 하여도, 라이칸슬로프로서 정점에 달한 주원의 힘은 흑룡협의 장력에 조금도 뒤지지 않았다.

퐈르르릉!

수백 다발의 폭탄이 터지는 것 같은 커다란 소리가 울렸다.

흑룡협은 자신의 장력을 뚫고 들어오는 주원을 향해 얼굴을 일그러뜨렸다.

그는 본격적으로 거대한 힘을 끌어냈다. 드래곤의 프레셔가 사방으로 뿜어지며 흑룡협의 양손에 밤보다 시커먼 어둠이 몰려들었다.

퐈아앙!

강력한 힘이 주원을 덮친다. 주원은 덮치는 힘을 향해 입을 쩍 벌리고 고함을 질렀다.

허공에서 힘이 폭발한다. 흑룡협은 그 무식하기 짝이 없는 주원의 대응에 경악했다.

막무가내로 들어온 주원은 커다란 주먹을 휘둘렀다. 호신강기와 비늘 위로 주원의 주먹이 찍힌다.

"커윽!"

흑룡협의 입에서 피가 튀었다. 상황이 좋지 않았다. 그는 이미 두 번의 브레스를 쏘아냄으로써 힘을 소모했고, 창왕과 다툰 것으로 상처를 입지는 않았어도 조금은 지쳤다.

이런 상태에서 라이칸슬로프의 왕인 주원과 싸우는 것은 득보다 실이 압도적으로 많았다.

'도망쳐야 돼……!'

흑룡협의 얼굴이 참혹하게 일그러졌다.

쉽게 도망칠 수 있을 것 같지는 않았지만, 어떻게든 이곳을 벗어나야만 했다.

요정마는 순식간에 공간을 뛰어넘어, 사마련이 있는 하라스에 도착했다.

사마련의 상공에서 나타난 이성민은 스칼렛과 함께 천천히 낙하했다.

"왔느냐."

이성민과 스칼렛이 땅에 닿았을 때. 사마련주는 멀지 않은 곳에 있었다.

뒷짐을 지고 선 사마련주는, 이성민과 함께 있는 스칼렛을 보면서 가면 너머의 눈을 찡그렸다.

"누구를 위해 갔는가 했더니, 역시 계집을 위해서였군."

"역시는 또 뭡니까."

"탓할 생각은 없다. 영웅호색이라고 하지 않았느냐. 그렇다고 네가 영웅이라는 것은 아니다만."

사마련주의 중얼거림에, 이성민의 곁에 있던 스칼렛의 눈썹이 꿈틀거렸다.

그녀의 성격대로라면 저런 헛소리를 듣고서 주저 없이 욕을 뱉었겠지만, 사마련주의 분위기는 스칼렛조차 해야 할 말을 조심하게 할 정도로 근엄했다.

"무슨 일이 있었지?"

사마련주는 스칼렛을 한 번 힐긋 본 것 외에, 그녀에 대해 다른 말을 묻지는 않았다.

대신에 사마련주가 물은 것은 숲에서의 일이었다. 이성민은 주저하지 않고 숲에서 자신이 보았던 모든 것들에 대해 말해 주었다.

"창왕, 흑룡협, 주원……."

사마련주는 이성민의 이야기를 듣고서 턱을 어루만졌다.

"김종현이라는 흑마법사가 정확히 무엇을 하려 했던 것인지는 알 수가 없군. 마족을 소환했다…… 흠. 본좌는 마법에 대해서는 그리 알지 못해서 말이야."

"저도 모릅니다."

"쓸모없는 녀석. 그곳까지 갔으면 대체 뭔 일이 벌어졌는지 일단 알아나 보지 그랬느냐?"

"그러다가 괜히 흑룡협이나 창왕과 싸우게 되면 어떡합니까?"

"네가 창왕이나 흑룡협보다 강했다면 그럴 걱정도 필요 없었겠지. 무능한 녀석."

사마련주의 말에 이성민의 어깨가 부르르 떨렸다. 동네 똥개도 아니고, 그 분야의 정점에 선 창왕이나 흑룡협을 두고 하는 말이다.

하지만 이성민은 억울해도 뭐라 반박할 말이 없었다. 따지고 보면 사마련주의 말이 다 맞지 않는가.

"……불초 제자가 무능하고 나약해서 죄송합니다."

"새삼스레 말할 것도 없는 내용이다만, 알면 됐다."

이성민은 목구멍까지 올라온 욕설을 간신히 삼켰다.

여기서 욕을 뱉어 봐야 사마련주가 자신을 죽일 것 같지는 않았지만, 볼기짝이 불이 붙은 것처럼 뜨거워질 것은 틀림없었다. 지금 수준이 되었음에도 이성민은 사마련주가 볼기짝을 때리는 것을 피할 자신이 없었다.

"그래도 암존에 대한 정보를 얻어 온 것은 잘했다. 앞으로 다섯 달 남았군."

"암존을 죽여도 되는 겁니까?"

"죽이지 않을 이유가 있나?"

이성민의 질문에 사마련주가 반문했다.

"천외천이 먼저 너를 죽이려 들었잖느냐. 설마 놈들과 사이좋게 손잡고 함께할 수 있으리라 생각하는 것이냐?"

"그들이 굳이 시비를 걸지 않는다면야."

"글쎄다."

이성민의 대답에 사마련주가 껄껄 웃었다.

"천외천의 목적에 대해서는 너도 들었겠지. 인외를 모두 없애 버리겠다고. 본좌가 예전에도 했던 말이지만, 글쎄. 그것이 가능할지는 제쳐 두고서…… 본좌는 무신이 정말로 그런 터무니없는 것을 바라는 것인지 믿음이 가지 않아."

"뭔가 다른 의도가 있다는 겁니까?"

"그럴지도 모르지. 사실 천외천의 이상은, 그곳에 소속된 고수들에게 있어서는 참으로 그럴듯하고 달콤하지 않으냐. 괴물을 모조리 지우고 인간의 세상을 만든 뒤에 그 위에 군림하겠다? 하하하!"

사마련주는 스스로 말하고서도 우습다는 듯이 큰 소리로 웃음을 터뜨렸다.

"나이를 많이 처먹으면 쓸데없이 권력욕이 늘어서 문제란 말이지. 어쨌든, 암존을 죽이는 것에 대해 본좌는 찬성한다. 끊을 수 있을 때 끊어놔야지."

"알겠습니다."

"당아회의 생일까지 아직 몇 달 정도 남았었지. 너는 그사이에 드워프의 마을에 들르도록 해라."

이성민은 드래곤의 비늘과 뼈를 가지고 있다. 손에 넣은 지는 꽤 시간이 흘렀지만, 가공할 방법이 마땅치 않아 묵혀두고 있었다.

하지만 그것도 요정 여왕의 친필 편지를 받게 되면서 해결되었다. 이것을 들고 드워프의 마을을 찾아가 족장을 만난다면, 드래곤의 뼈와 비늘을 가공할 수 있게 된다.

"너는 이미 네 수준에서의 한계에 달해 있다."

사마련주가 근엄한 목소리로 말했다.

"여기서 뭐 빠지게 수행을 열심히 해봐야, 네 무공이 일취월장하여 본신 실력으로 흑룡협을 잡는 것은 불가능할 것이다. 그러니, 부족한 실력을 대체할 만큼 좋은 무기를 들어야지."

"크흠."

사마련주의 말에 이성민은 괜히 고개를 옆으로 돌려 짧게 헛기침을 뱉었다.

"……저기."

사마련주에게 쉼 없이 면박당하는 이성민의 곁에서, 스칼렛이 조심스레 입을 열었다.

"나는 뭘 해야 해요?"

"손님 대우는 해주지."

드디어. 사마련주의 시선이 스칼렛에게 향했다.

"필요한 것이 있다면, 본좌가 해줄 수 있는 선에서 제공해 주도록 하마."

"아…… 네."

이성민을 핍박하던 때와는 다르게, 사마련주는 꽤나 상냥한 목소리로 스칼렛에게 대답해 주었다.

그러자 스칼렛도 조금 당황하여 자그마한 목소리로 대답했다.

[관심 있습니까?]

이성민은 사마련주의 태도가 의아하여 그에게 전음을 보내 봤다.

[처맞고 싶으냐?]

즉답으로 돌아오는 전음에 이성민은 입을 꾹 다물었다.

어디로 가야 할지 몰랐다.

꿈에서 보았던 길과 장소는, 아니, 애초에 그것을 길이고 장소라고 해야 할지 모르겠지만.

어찌 되었든, 그녀가 꿈에서 보았던 것은 너무 모호한 것들이라 목적지에 대한 단서로 써먹기에는 부적절했다.

하지만 위지호연은 잘 알고 있었다.

확신 없는 믿음이기는 했다만. 이성민과 떨어지고, 혼자가 된다면. 자신이 꿈에서 보았던, 자신이 가야 할 곳이 어디인지 알게 될 것이라고.

실제로 그렇게 되었다.

그 장소에 가본 적은 없다. 그럼에도 위지호연은 자신이 가야 할 곳이 어느 곳에 있는지, 어느 방향에 있는 곳인지 알게 되었다.

'이렇게 깊이까지 온 것은 처음이야.'

휴잴 산맥.

남쪽 지방에 있는 험준한 산맥이다. 위지호연은 이곳에 와 있었다.

이성민과 헤어지고, 어디로 향해야 하는지 알 수 없는 여정을 시작하려 할 때.

위지호연은 자신이 휴잴 산맥에 가야 한다는 사실을 알게 되었다.

남쪽까지의 여정은 제법 길었고, 이곳까지 오는 도중에 위지호연은 아무런 위협도 겪지 않았다. 그녀는 안개가 자욱한 주변을 둘러보았다.

인간의 침입을 거부하고 있는 이 산은 산세가 거칠고 온갖 종류의 괴물이 살아 숨 쉬고 있다.

휴잴 산맥은 몬스터조차 한 수 접어주는 야만적인 요괴의 둥지다.

이곳에서 그리 멀리 떨어지지 않은 요괴 도시 어르무리는 이성을 갖고 욕구를 통제하는, 나름대로 신사적인 요괴들이 살아가는 도시다.

하지만 이 숲은 아니다. 이곳에 사는 요괴들은 이성보다는 본능에 충실하다. 도시 안에서 살아갈 수 없는 흉폭한 괴물들이 살아가는 곳이 이 산맥이다.

그렇다고는 하여도. 이 산의 요괴들은 위지호연의 적수가 되지 않는다.

뭣 모르는 요괴들이 산의 초입에서부터 공격해 오기는 했지만, 거듭된 죽음을 맞은 뒤에는 습격의 빈도가 줄었다.

본능에 충실한 요괴들은 이 산에 들어온 인간이 자신들이 사냥할 수 없는 존재라는 것을 뒤늦게서야 깨닫게 되었다.

'이곳에 뭐가 있는 거야?'

아직. 목적지에 도착하지는 않았다. 조금 더 산을 올라야 목적지에 도착하게 될 것이다.

위지호연은 모르고 있었지만, 그녀가 향하는 곳은 휴잴 산맥의 중턱에 숨겨진 호수. 마령정이었다.

과거 야나가 구미호의 힘을 손에 넣었던 장소이며, 마령과 접신할 수 있는 호수.

그 사실을 알지 못하는 위지호연은, 애매하면서도 확실하게 기억하고 있는 꿈의 풍경을 좇아 계속해서 산을 올랐다.

가 본 적도 없고, 알지도 못하는 장소였지만. 위지호연은 목적지가 머지않았음을 알았다.

하지만 위지호연의 걸음은 마령정에 도착하기 전에 멈추었다.

그녀는 짙은 안개 너머를 응시했다. 큼지막한 바위 위에 누군가가 걸터앉아 있었다.

짙은 안개였지만 위지호연의 안력은 안개 너머의 누군가를 똑바로 볼 수 있었다.

"여자 혼자서 오르기에는 너무 거친 산인데."

부스럭거리는 소리가 났다. 아기자기한 보따리를 풀어낸다.

무신은 큼직한 주먹밥과, 삶은 계란 따위를 꺼내며 빙그레 웃었다.

"시장하지는 않은가?"

"그다지."

위지호연은 무신을 물끄러미 보면서 대답했다. 그 대답에 무신이 껄껄 웃는다. 그는 커다란 주먹밥을 베어 물면서 우적거리며 씹었다.

"본좌가 직접 만든 것이야. 안 어울릴지도 모르겠다만, 본좌의 취미 중 하나가 요리지. 기왕 먹을 것이면 맛있게 먹는 것이 좋고, 직접 만든다면 취향에 가장 잘 맞출 수 있지 않나."

무신은 그렇게 말한 뒤에 주먹밥 하나를 모두 먹어 치웠다.

"먹지 않으면 후회할 텐데?"

"배는 안 고파."

"운치를 모르는군. 이리도 풍경이 좋은데."

술까지 꺼내 마신다. 위지호연은 무신이 무신이라는 것을 알지 못하였지만, 아직 바위에 앉아 있는 무신이…… 사마련주와 비견될 만한 절대고수라는 것을 느끼고 있었다.

하지만 위지호연은 동요하지 않았다. 그녀는 무신의 얼굴을 빤히 보면서 물었다.

"나를 죽이기 위해 왔나?"

"설마."

"그렇다면 나를 포섭하기 위해?"

"본좌가 누구인지 알고 있나?"

"무신이나 검선. 둘 중 하나겠지. 당신에게 도가의 느낌은 없으니까…… 아마 무신이라고 생각한다."

"하하!"

위지호연의 대답에 무신이 술병을 내려놓으며 크게 웃었다.

"일천이한테 본좌의 이야기를 들은 적이 있나?"

"폐관했다는 이야기는 들었었지."

"그 외에는?"

"자기보다 약하다고 했었어."

위지호연의 대답에 무신이 큰 소리로 웃었다. 사마련주를 친한 친구처럼 이름으로 부른 그는, 한참을 웃더니 머리를 가로저었다.

"일천이는 여전하군. 백 년이 넘게 흘렀는데도 여전해."

"그가 오만하다고 생각하나?"

"아니. 일천이라면 그런 말을 할 자격이 있지. 이 넓은 세상. 하루마다 다른 차원의 인간이 소환되는 세상이야. 이런 세상에서 일천이는 무공이라는 분야에 있어서는 한 손에 꼽힐 만한 실력을 가지고 있으니까."

"당신은 사마련주보다 강한가?"

"백 년이나 폐관 수련을 하였으니, 자존심 때문에라도 약하다고 말할 수는 없겠지. 사실 본좌도 잘 몰라. 싸워봐야 알지 않겠나."

무신은 그렇게 말하면서 바위에서 내려왔다.

"하지만 이것 하나는 확실하지. 소천마. 본좌는 너보다 강해."

"나도 알아."

"그런데도 도망치지 않는 이유는 뭔가?"

"네가 나를 죽이지 않는다고 했잖아."

"마음이 바뀔 수도 있지."

"그러지 않을걸."

위지호연이 표정 없는 얼굴로 답했다. 그 대답에 무신의 말문이 막혔다. 짧은 침묵 끝에 무신은 작은 웃음을 터뜨리며 머리를 끄덕거렸다.

"그래. 바뀌지 않겠지. 너는 어디로 가기 위해 이 산을 오르는가?"

"당신은 내가 이곳에 있는 줄 어떻게 알고 왔지?"

나름대로 행동은 조심했다고 생각한다. 최대한 정체를 감추었고, 불필요한 소란은 조금도 일으키지 않았다.

이 넓은 세상을 포착하려는 눈과 귀는 어디에나 있지만, 그들의 이목을 끌지 않기 위해 움직였다.

그런데 무신은 마치 위지호연이 이곳에 올 것을 알고 있었다는 듯이 이곳에서 그녀를 기다리고 있었다.

"천외천은 세간에 돌지 않은 정보 외에 다른 것을 보고 들을 수단을 가지고 있지. 만능은 아니지만 말이야."

영매를 말하는 것이었지만, 위지호연은 무신의 말을 이해하지 못했다.

"나는 저 위로 가야 해."

"너를 막을 생각은 없다. 막아야 한다는 말은 듣지 못했으니까."

"당신이 천외천의 정점일 텐데. 마치 누군가의 말을 따른다는 것처럼 말하는군."

"천외천의 정점이 본좌인 것은 맞지만, 그렇다고 본좌 마음대로 할 수 있는 것은 아니야."

위지호연은 그 말을 들으면서 계속해서 걸었다. 무신의 앞까지 온 위지호연은, 그를 한 번 힐긋 본 뒤에 무신을 지나쳤다.

무신은 피식 웃더니 위지호연의 뒤를 따라 걸었다.

"궁금한 것이 있는데. 물어보면 대답해 줄 건가?"

"대답할 수 있는 것이라면."

"왜 나를 천외천에 들이려는 것이지?"

"그럴 만한 가치가 있으니까."

무신이 대답했다.

"천외천의 이상에 대해서는 알고 있나? 귀창은 아마 알고 있을 것 같은데."

"이 세상에서 인외를 지워버리고 인간만의 세상을 만든다. 그리고 천외천이 그 세상을 지배한다."

"어떻게 생각하나?"

"개소리라고 생각해."

"맞아."

무신은 머리를 끄덕거렸다.

"하지만 그런 단순하고 뻔한 이상이 가슴을 뛰게 만들지. 권력욕과 명예욕은 누구나 바라는 것이고, 스스로의 힘에 자신이 있는 이라면 자신이 범인(凡人)과는 다르며, 그들의 위에 서야 한다는 선민의식을 갖게 돼."

"거짓이라는 건가?"

"마냥 거짓은 아니지."

"솔직히 말할 생각은 없는 모양이지?"

그 말에 무신은 빙그레 웃기만 할 뿐 대답하지는 않았다. 그는 앞서 걷고 있는 위지호연에게 물었다.

"천외천에 들어올 생각은 없나?"

"없어."

그에 대해서는 생각할 가치도 없었다.

"귀창 때문인가?"

"왜 그렇게 생각하지?"

"천외천과 귀창은 서로 적대하고 있으니까. 네가 천외천에 들어온다면, 더 이상 귀창을 적대할 생각은 없다."

"굳이 그럴 필요는 없어. 그리고 내가 그렇게 한다면 그 녀석이 그리 좋아하지 않을 거야."

"귀창이 강하다는 것은 본좌도 아는 사실이다만…… 귀창이 지금까지 살아남을 수 있었던 것은 천외천이 진심으로 귀창을 죽이려 들지 않았기 때문이다. 그를 이해하고 있는가?"

"그럴지도 모르지. 녀석을 죽이려 했다면, 너희는 진작에 전력을 다했어야 해."

"지금도 그리 늦지는 않았을걸. 본좌가 놈을 죽이지 못하리라 생각하는 건가?"

"말만 그렇게 하지 말고 해보지그래? 당신이 그 녀석을 제압하고, 내 앞에 데리고 와서 천외천에 들어오지 않는다면 녀석을 죽이겠다고 협박해 봐. 그러면 나도 마음이 바뀔지도 모르지."

"굳이 그 방법을 쓸 필요는 없다. 본좌가 여기서 너를 제압하고 강제로 끌고 가면 되는 것이니까."

"그 말도 참 이상해."

무신의 말에 위지호연이 피식 웃었다.

"당신이 하는 말을 보면, 당신은 내 힘이 필요한 것이 아니라 단순히 '나'라는 존재가 필요한 것 같아."

"반은 맞고 반은 틀린 추측이로군. 네 힘은 천외천에게 확실히 도움이 될 것이다. 본좌가 보기에…… 네 힘은 이미 창왕이나 월후, 흑룡협과 비등해. 그건 대단한 사실이지. 불과 몇 년 전까지만 하여도 소천마, 너는 육존자 중 말석인 권존과 대등한 정도였다. 그런데 몇 년 만에 그보다 훨씬 강해졌어."

"전력 외로서도 필요한 점이 있는 모양이네."

그 질문에도 무신은 빙그레 웃으면서 침묵했다.

그런 대화를 나누는 사이에, 둘은 마령정에 도착했다.

마령정은 고요한 연못이었다.

위지호연은 그 연못을 물끄러미 보았다. 이곳이다. 그녀의 꿈에서 보았던 장소는 안개만 자욱했을 뿐, 연못은 아니었다.

하지만 위지호연은 이곳이야말로 자신이 왔어야 하는 연못임을 확신했다.

무신은 주변을 쓱 둘러보았다. 이곳은 기묘하고 신묘한 장소다. 마령정은 이 세상에서 유일하게 마령과 접신할 수 있는 장소였고, 가고자 한다고 하여 쉽사리 들어올 수 있는 장소도 아니었다.

실제로 무신은 이전에 몇 번이나 마령정에 들어오기 위해 이 산을 헤매었던 적이 있었다.

'마령이 소천마의 침입을 허락했다는 것인가. 소천마가 이곳에 온 이유는…… 확실히. 운명이 움직이기 시작했다는 것이로군.'

불과 몇 달 전까지만 하여도 운명은 멈춰 있었다. 하지만 몇 달 전을 기점으로 하여 멈춰 있던 거대한 운명이 움직이기 시작했다.

무신도, 영매도 알지 못하는 일이었지만.

그것은 이성민이 전생에 자신이 죽었던 던전에 가서 전생의 돌을 잡은 이후부터였다.

무신은 천천히 준비를 다졌다. 위지호연에게만 볼 일이 있어서 이곳에 온 것은 아니다. 그가 볼일이 있는 것은 마령정에서 접신할 수 있는 마령이기도 했다.

연못의 표면이 출렁거린다. 새카만 빛이 연못에서 솟구쳐 오르더니 얽힌다. 그것은 인간의 형태를 이루지는 않았다. 검은빛이 동그란 구체를 만들고, 그 안에서 커다란 눈동자가 떠졌다.

시뻘건 눈동자 하나가 공중에 떠서 위지호연과 무신을 내려본다. 눈동자 하나만 덩그러니 있는 것은 혐오스럽고 괴기했으나, 위지호연도 무신도 그에 압도되지는 않았다.

[아이야.]

공간이 웅웅 떨리며 목소리가 울린다.

[인간이면서 인간이 아니게 될 운명을 가지고 있는 아이야. 너는 패왕으로 태어났으나 그 이상의 존재가 되어 군림할 운명을 가지고 있단다.]

마령의 목소리는 무신에게 들리지는 않았다.

위지호연만이 마령의 목소리를 들었다. 들어본 적이 있는 말이었다.

흑룡포를 취했던, 도플갱어가 나오는 던전. 그 던전의 끝에 있던 괴물에게 저런 말을 들었었다.

운명조차 뒤틀어버린 재능. 괴물은 죽어가면서 위지호연에게 그렇게 말했다.

[성좌의 빛은 이미 너를 내리쬐고 있고, 너는 가장 먼저 패왕이 되어야 할 것이다. 네가 이곳에 '와야 한다.'는 것을 깨닫고, 이곳에 오게 된 순간부터. 너는 이 세상 운명의 가장 큰 변수이자 특이점이 된 것이다.]

"나는 뭐지?"

[네가 그를 깨닫기에는 아직 이르구나. 이제야 운명이 흐르기 시

작하였으니.]

"마령이여."

위지호연과 마령 사이의 대화를 듣지 못하고 있는 무신이 앞으로 나섰다. 무신은 이미 준비를 마쳤다. 거대한 힘이 무신에게서 피어올랐다. 스스로 무(武)의 신이라 칭하는 것에 걸맞게, 그가 보이는 힘은 그 어떤 인간도 범접할 수 없을 정도로 파괴적이었다.

"당신에게 묻고 싶은 것이 있소."

[인간아.]

마령의 눈이 드디어 무신에게 향했다.

[너는 이곳에 올 수 없는 몸이었다.]

"알고 있소. 나는 몇 번인가 이곳을 찾아왔으나, 오늘을 제외하고서는 단 한 번도 이곳에 도달하지 못했지."

[내가 너를 이곳에 들인 것은, 네가 저 아이와 함께 왔기 때문이다. 그리고 인간으로서의 끝에 가까이 달한 너라는 존재에 대한 가벼운 예우이기도 했지.]

마령의 말에 무신의 눈썹이 꿈틀거렸다.

"이전의 나는 부족했다는 말인가?"

[자격도 없었거니와 때도 되지 않았었지. 이 아이와 함께 오지 않았더라면 너는 평생 이곳에 닿을 수 없었을 것이다.]

"……질문에 대답해 주시오."

[묻도록 하여라.]

"종언은 정해진 것이오?"

무신이 물었다.

마령의 눈동자가 가늘어졌다. 무신은 공중에 떠 있는 하나뿐인 눈동자를 노려보며 계속해서 물었다.

"대답을 피하지 마시오. 머지않은 때에 이 세상이 종언을 맞으리라는 것은 나도 아는 사실이니까."

[그를 알고 있다면 네 질문이 얼마나 무의미한 것인지도 알고 있을 것이다.]

"정해진 것이냐고 물었소."

[모든 것에 끝은 있기에 마련이다. 이 세상 역시 마찬가지지.]

"피할 수 있는 방법은?"

[너에게는 너의 역할이 있다.]

마령이 소곤거렸다.

[모든 존재가 자신의 역할을 가지고 있지. 균등하지는 않은 역할을 말이다. 네가 가진 역할과 운명이 작다 말하지는 않겠으나, 그렇다고 그리 크지도 않다.]

"그를 결정하는 것은 나요."

[너는 바닥을 함께 기어가는 개미 무리 중, 그중 특출나게 큰 개미.]

마령이 질문했다.

[너는 그런 개미다. 그 개미에게도 역할이 있겠지. 개미 스스로 자

신은 그런 역할이 아니라 주장한다고 한들, 개미가 개미가 아니게 되는 것은 아니다.]

그 말에 무신의 뺨이 굳었다.

쿠르르룽……!

무신의 몸에서 솟구친 힘이 하늘을 뒤덮을 듯이 올라왔다.

"당신이 종언을 이행하는 사도 중 하나라면. 이 자리에서 당신의 존재를 멸한다면. 종언을 조금이라도 늦추는 것에 일조할 수도 있겠지."

[틀렸다.]

결의를 담아 뇌까린 무신의 말에 마령이 작지만 힘 있는 목소리로 답했다.

[나는 종언을 이행하는 사도가 아니다. 간섭하여 길을 제시해 주는 것뿐. 그리고, 말했을 것이다. 너에게는 너의 역할이 있다고.]

"내 역할이 뭐라는 것이오?!"

[나는 너의 길을 제시해 주지는 않는다.]

마령의 눈이 천천히 감겼다.

[하지만 이것은 말해주도록 하마. 네 역할은 이곳에서 끝나지는 않는다. 너에 대한 예우는 이것으로 끝이다. 돌아가도록 해라.]

그 말에 무신의 눈썹이 꿈틀거렸다. 그는 땅을 박차더니 순식간에 마령을 향해 뛰어들었다.

하지만 감긴 마령의 눈이 뜨여졌을 때.

쉭!

공중을 날던 무신의 몸이 그 자리에서 사라져 버렸다.

위지호연은 그 모든 일을 지켜보았다. 그녀는 모든 것을 들었다. 하지만 동요하지는 않는다.

그것은 무척이나 신비로운 기분이었다. 위지호연은 자신이 자신이 아닌 것만 같은, 아니, 무언가를 깨친 것만 같은 위화감을 느끼며 마령을 응시했다.

"나의 역할은?"

위지호연이 질문했다.

루베스로 돌아가기도 전에. 로이드는 원로원의 부름을 받았다.

그는 조금 긴장하고서 수정구를 내려 보았다. 해야 할 말은 많았다.

보고해야 할 것도 많다. 토벌이 실패했다는 것. 김종현에 대한 것. 그리고 무림맹에 대한 것. 모용세가주가 폭주한 것에 대해서 무림맹은 아직 입장을 발표하고 있지 않다.

토벌이 끝나고서 그리 오랜 시간이 흐르지 않았기 때문이다.

'이번 일을 그냥 넘겨서는 안 돼.'

모용세가주 개인의 폭주라고 마냥 덮어서는 안 되는 일이다. 이번 일을 묵과한다는 것은 전례를 만드는 꼴이 된다.

개인의 폭주라고 하여도, 모용세가가 무림맹의 한 축을 담당하고 있는 이상, 무림맹에게 책임을 물어야만 한다.

'원로원 늙은이들이 뭐라고 지껄일지 뻔하군.'

이해관계에 대해 말하면서 좋게좋게 무마하려고 하겠지. 로이드는 한숨을 푹 내쉬면서 수정구에 손을 올렸다.

원로원은 이미 퇴역한 마법사들이라고 하지만 마법사 길드 내에서 무시할 수 없는 권력을 가지고 있다.

로이드는 그들을 존경하지는 않았다. 자신의 비원을 어느 정도 달성한 그 늙은이들은 젊은 마법사들과 소통하려 들지 않는다.

당연히 대우받아야 한다는 듯이 머리 위에 군림하고, 정작 자신들이 이룬 비원과 얻은 지식을 꽁꽁 감추고 있다.

[표정 풀지그래?]

수정구슬을 잡아 마력을 불어넣은 순간. 그런 목소리가 들렸다. 로이드의 어깨가 움찔 떨렸다.

'이 목소리는……:'

로이드의 눈썹이 바르르 떨렸다. 딱 한 번. 이 목소리를 들은 적이 있다. 로이드가 금색 마탑주가 되었을 때. 마탑주를 임명하는 자리에서.

"……길드장님이십니까?"

[잊지는 않은 모양이구나, 꼬마야.]

길드장이 쿡쿡 웃으며 말했다. 로이드는 즉시 머리를 꾸벅 숙였다.

마법사 길드장. 마탑주와 원로원의 뒤에 존재하는, 마법사 길드의 정점. 그는 로이드에게 있어서 길드장이라는 직책 외에 다른 의미를 가진 사람이기도 했다.

로이드에게 전반적인 마법을 가르친 스승인 엔비루스. 그의 친동생이 바로 길드장이었다.

"왜…… 길드장님이 직접?"

[그만한 일이니까. 나 말고 원로원의 머저리들을 상대하는 것이 더 편한가?]

"아닙…… 니다."

스승의 동생이라고 해도. 로이드는 길드장과 직접 만나 본 적은 없었다. 금색 마탑주의 자리에 임명되었을 때에도 목소리 만 들어보았다.

로이드는 길드장이 엔비루스의 동생이라는 것을 알고 있었 지만, 길드장은 여태까지 단 한 번도 그에 대해 언급한 적도, 내색한 적도 없었다.

[보고부터 해봐. 토벌전에서 무슨 일이 있었지?]

길드장의 질문에, 로이드는 머뭇거리면서 테이블 위에 펼쳐

둔 서류를 내려다보았다.

토벌전에서 있었던 일들에 대해 적어 둔 서류다. 로이드가 서류의 내용에 대해 읽기 시작했다.

[김종현 그 꼬마가 아주 재미있는 일을 벌이려 했군.]

길드장이 피식 웃으면서 말했다.

[김종현이 무슨 일을 벌이려 한 것인지 아나?]

"⋯⋯모릅니다."

[놈은 마왕이 되려 했던 거야.]

"예?"

길드장의 말에 로이드의 눈이 크게 떠졌다. 마왕이 되려 했다니. 로이드는 그 말을 의미 그대로 받아들일 수가 없었다. 인간이 마왕이 된다는 것은 그의 상식으로서는 불가능한 일이었기 때문이다.

[하지만 실패했지. 그럴 운명이었던 거야.]

"실패했다는 것은⋯⋯ 김종현이 죽었다는 겁니까?"

[아니. 죽지는 않았어. 그레이스에는 아직 김종현의 이름이 적혀 있어. 김종현이 여전히 그리모어의 소유자라는 것이지.]

길드장은 대수롭지 않다는 듯이 말했고, 로이드는 길드장의 태도를 이해할 수가 없었다. 이 일이 그리 쉽게 넘길 만한 이야기는 절대로 아니라 생각했기 때문이었다.

[무림맹이 마법사 길드를 공격했다고?]

"예…… 이 일은 절대로 묵과해서는 안 된다는 것에 저를 포함한 녹색, 백색 마탑주들이 동의하였습니다."

[그렇다면 무림맹과의 관계를 정리하도록 하지.]

길드장이 시원스레 말했다. 그 말에도 로이드는 멍청히 입을 벌릴 수밖에 없었다.

"……그렇게 쉽게 말입니까?"

[완전히 정리할 생각은 없다. 하지만 기분이 상했다, 라는 제스처는 취할 생각이야.]

"어떻게…… 말입니까?"

[그건 차차 생각해 보지. 그보다 많은 일이 있었군. 프레데터도 움직이기 시작한 모양이고.]

흠, 흐음. 수정구 너머에서 생각에 몰두하던 길드장이 입을 열었다.

[적색 마탑주는 사마련에 있나?]

"아무래도 그럴 것 같습니다."

[좋아. 너는 금색 마탑으로 복귀하지 말고. 네가 도착하는 시간에 맞춰 나도 금색 마탑으로 가도록 하지.]

"예?"

길드장의 말에 로이드가 놀란 소리를 냈다.

"빌어먹을."

쾅, 쾅.

"씨발."

쾅, 쾅, 쾅.

"아오!"

살을 익게 만들 정도로 뜨거운 더위였다.

한서불침을 완성한 이성민은 더위와 추위를 느끼지 않았으나, 이곳에서 발해지는 더위는 이성민조차 더위에 허덕이게 만들었다.

이성민은 불꽃이 몰아치는 화로 앞에서 망치질을 하는 드워프의 등을 보면서 내뱉었다.

"욕을 뭐 그리 하는 겁니까?"

"너 같으면 욕을 안 하겠냐, 꼬마야!"

이성민이 내뱉는 말에 드워프 족장, 맥켄도르가 머리를 홱 돌리면서 얼굴을 일그러뜨렸다.

인간보다 오래 사는 드워프 중에서도 맥켄도르는 가장 나이가 많은 축이다. 하지만 그는 나이에 어울리지 않을 정도로 다부진 근육질의 몸을 가지고 있었다.

땀을 뻘뻘 흘리던 맥켄도르는 거친 숨을 내쉬면서 망치질을 잠깐 멈추었다.

"다짜고짜 찾아와서는, 요정 여왕님의 편지를 보여주면서 망치질을 하라 시키곤……!"

"드래곤의 비늘과 뼈를 다룰 수 있다며 처음에는 기뻐하지 않았습니까."

"이렇게 지랄 맞은 작업일 것이라고는 생각도 못 했다!"

이성민의 말에 맥켄도르가 고함을 질렀다.

"제기랄, 난 또 비늘 몇 조각이란 뼈 파편 정도일 것이라 생각했지. 설마 통뼈와 때지도 않은 비늘 수천 개라고는 생각이나 했겠냐?!"

"그것도 처음에는 기뻐하지 않았습니까."

실제로 그랬다. 몇 시간 전까지만 해도, 맥켄도르는 족장만이 다룰 수 있는 태양의 화로에 비늘을 집어넣으면서 수십 년 만에 장인으로서의 혼이 불타오른다며 열정을 보였었다.

하지만 그 후 세 시간. 맥켄도르의 열정은 폭염을 토해내는 화로의 열기와는 반대로 차갑게 식어버렸다.

"나는 늙었다."

맥켄도르가 다시 망치를 잡아 들며 중얼거렸다.

"한 30년만 젊었을 때에는 수십 시간 망치질을 해도 멀쩡했어. 그런데 이제는 아니야…… 나는 노인이란 말이다. 30년만 일찍 오지. 왜 이제야 온 것이냐?"

"난 30년 전에 태어나지도 않았습니다."

"핏덩어리 자식!"

이성민의 대답에 맥켄도르가 또 욕설을 뱉으며 망치를 내려쳤다.

"맥주…… 맥주가 필요해. 아주 시원한 맥주가……"

"술 먹으면서 하는 망치질은 못 믿겠습니다."

"모든 드워프는 술을 처먹어야 예술혼이 타오른단 말이다."

"내가 당신에게 요구하는 것은 예술혼 가득한 예술품이 아니라, 단단한 갑옷이고 잘 찔리는 창입니다."

"이 씨발놈아, 네가 예술을 알아?"

맥켄도르는 그렇게 역정을 내면서도 망치질을 쉬지 않았다.

이성민은 이마를 타고 흐르는 땀을 손등으로 닦았다.

사마련을 떠나고서, 두 달이 걸려 드워프의 마을에 도착했다.

이 마을에 살고 있는 셀게루스와 가볍게 인사를 나눈 뒤에는 즉시 태양의 화로로 와서 맥켄도르에게 오슬라의 편지를 보여주고, 새로운 창과 갑옷의 제작을 부탁했다.

"계속 보고 있을 거냐? 꼴 보아하니 만드는 데 한 달은 걸릴 거 같은데!"

"안 보면 당신이 제대로 하지 않을 것 같아서."

"나를 뭐로 보고! 요정 여왕의 편지를 받은 이상 최선을 다할 거니 걱정은 하지 않아도 된다."

맥켄도르는 화로 안에 집어넣은 드래곤의 뼈를 꺼냈다.

"빌어먹을 드래곤 본. 미스릴이나 오리하르콘도 순식간에 녹여버리는 화로에 몇 시간을 처박아놨는데도 멀쩡하군."

"가공은 되는 겁니까?"

"불가능하면 애초에 그렇다고 말했겠지. 방해하지 말고 좀 꺼지지 그러냐?"

"그럴 생각입니다."

이 더위 속에서 맥켄도르가 개고생을 하고 있는 것에 조금 미안함을 느껴서 남아 있었는데. 아무래도 더 있는 것은 무리일 것 같았다. 설마 한서불침조차 관통하는 더위가 있을 줄이야. 이성민은 땀에 젖은 머리카락을 뒤로 넘기면서 몸을 돌렸다.

"새끼, 가란다고 진짜 가네."

"나보고 뭘 어쩌라는 겁니까?"

"나 혼자 망치질하는 것은 심심하단 말이다."

[노망든 새끼네.]

맥켄도르가 투덜거리는 말에 허주가 어이가 없다는 듯이 중얼거렸다.

[이 화로에 수십 년 동안 처박혀 있었다던데. 그래서 정신이 돌아버린 것 아닐까?]

'나도 그렇게 생각해.'

이성민도 허주의 말에는 어느 정도 공감했다.

"……본래 에레브리사의 회원이셨다는데. 왜 회원권을 반납하신 겁니까?"

"별의별 새끼들이 찾아와서 뭐 좀 만들어달라고 지랄을 하는데, 귀찮고 짜증 났다. 나는 은퇴하고 쉬고 싶었단 말이다. 가끔 내가 만들고 싶은 것이나 만들면서 말이지."

"그래서 이 화로에 처박혔던 겁니까?"

"지금이야 불꽃이 붙어 더워 뒈질 것 같지만, 평소에는 이렇게 덥지 않아. 아주 아늑하고 좋은 장소지. 나는 이곳에서 죽을 셈이다. 마지막에는 내 최후의 작품을 만들고서, 화로에 몸을 던져 불타 죽을 것이다."

"남은 이들에게 민폐 끼치는 죽음이군요."

"나는 멋지다고 생각한다."

맥켄도르가 망설임 없이 말했다. 물론, 이성민은 조금도 공감하지 않았다.

"조수가 필요해."

망치질을 거듭하던 맥켄도르가 숨을 몰아쉬었다.

"나는 늙었단 말이다. 너, 망치질해 본 경험은 있냐?"

"무기의 간단한 보수 정도는 할 줄 압니다."

"그건 이 마을에 사는 똥개 새끼도 할 줄 아는 기술이다."

"개가 망치질을 할 줄 안다는 겁니까?"

"농담도 못 알아먹냐?"

"이것도 농담입니다."

"이 씨발놈."

맥켄도르의 어깨가 부르르 떨렸다.

"그래. 네가 쓰던 창이랑 갑옷. 그거 만든 놈이 이 마을에 살고 있다고 했지?"

"예."

"데리고 와서 조수나 하라고 해."

"괜찮으시겠습니까?"

"안 괜찮을 것이 뭐가 있냐?"

"다크엘프인데."

"장인이 망치질만 잘하면 됐지 종족이 무슨 상관이야?"

맥켄도르가 짜증스런 목소리로 답하자, 이성민은 피식 웃었다. 셀게루스가 대장장이 마이스터의 칭호를 가지고 있으면서도, 다크엘프라는 이유로 마땅한 대접을 받지 못하고 있다는 것은 이성민도 잘 알고 있었다.

여태까지 셀게루스에게는 몇 번의 도움을 받은 적이 있다.

셀게루스가 만들어 준 창과 갑옷은 여태까지 요긴하게 사용해 왔고, 셀게루스는 창과 갑옷을 제작해 주면서 거의 헐값의 금액만을 요구해 왔다.

그것은 셀게루스의 자기만족이기도 했었지만, 이성민은 그런 일들에 대해 셀게루스에게 고마움을 느끼고 있었다.

"알겠습니다."

의도치 않게 셀게루스를 도울 수 있을 것만 같아 기분 좋게 몸을 돌린 이성민은 화로 밖으로 나갔다.

백소고는 완전히 하얗게 새어버린 자신의 머리카락을 거울에 비춰 보았다.

므쉬의 산부터 시작해서 많은 일을 겪었다. 다시 들어간 산에서 보낸 수년의 세월과 데니르의 정신세계에서 보냈던 1000년.

정신세계에서 얻은 수행을 다시금 체화해 내는 것에 또 몇 년의 세월이 걸렸다.

그렇게 해서 지금. 백소고는 데니르가 있던 드리무어를 떠나고 있었다.

그녀는 거울을 집어넣었다. 거울에 비치는 자신의 얼굴이 낯설다는 생각을 하면서.

하얗게 새어버린 머리도. 너무 깊어져 버리는 눈빛도. 백소고는 관자놀이를 꾹 눌렀다. 정신세계에서의 수행은 그녀에게도 많은 후유증을 안겨 주었다.

수십 년도 아니고 수백 년도 아닌 천 년을. 아무것도 없는 하얀 세계에서 홀로 살았다.

무공을 익히고, 익히고, 익히고. 이미 알고 있고 극성으로 익힌 무영탈혼은 그곳에서 얻은 깨달음으로 수십 번을 뜯어고 치고 처음부터 다시 익혔다.

강해졌다.

그건 틀림없는 사실이었다. 므쉬의 가호는 정신세계 속의 수행에서도 작용했다. 덕분에 백소고는 초절정의 벽을 완전히 뛰어넘을 수 있었다.

므쉬의 산에 다시 들어서고서부터 백소고는 맹목적으로 힘을 좇았다.

스스로의 이상을 이루기 위해서는 누구에게도 굴하지 않을 힘이 필요하다고 느꼈기 때문이었다.

그녀의 이상을 지탱하고 있는 것은 신념이다.

의와 도리에 맞게. 그래, 악에 대적하고 정의를 세우는 것.

그것에 가장 적합하다고 생각하여 함께 했던 무림맹에는 많은 실망만을 가졌다.

자신이 얼마나 아둔하였는지. 사실을 알고 있었음에도 외면하던 사실이 얼마나 많았는지. 넘치도록 많았던, 정신세계에서의 나날 속에서. 백소고는 쉼 없이 그에 대한 생각을 했다.

정파도, 사파도.

이 세계에서는 무의미한 것이다.

이곳에 존재하는 무림은 무림답지 않고, 정파에는 더 이상 의와 도리는커녕 협조차 존재하지 않는다.

잡은 이권을 손에 놓지 않고 탐욕으로 배를 채우며, 가진 자들은 가지지 못한 자들의 것을 빼앗는 것에 주저하지 않는다.

처음에 거부를 말했던 협객으로서의 양심은 세월과 반복된 악의로 인하여 마모되었고, 정파의 정(正)은 변질되었다.

유구한 전통을 가진 구파일방 역시 무에 정진하여 깨달음에 도달하려는 것이 아닌, 상대보다 우위의 힘을 얻음으로써 이득을 바라는 파락호 집단과 다를 것이 없게 되었다.

힘 있는 자 중에 협객이라고 할 수 있는 이는 없다. 애초에 협이란 무엇인가. 의와 도리는 무언가. 정의는? 이 세상에서 대체 누가 그에 대해 확실한 잣대와 기준을 가지고 판단할 수 있을까.

모두가 모두의 기준과 잣대를 가진 것이고, 백소고 스스로도 타인과 다르지 않다고 느꼈다. 인간은, 모든 인간은 다르다.

인간은 서로를 완전히 이해할 수도 없거니와 진정 올바른 인간이라는 것은 존재하지 않는 것이다.

모순이다. 백소고도 알고 있었다.

그녀가 가지고 있는 이상이, 그를 세운 신념이, 그의 바탕이 된 그녀가 가진 기준과 잣대가.

타인이 보기에는 올바르지 않을 수도 있다는 것을. 스스로가 절대적인 기준이라 여기고 의와 도리를 말하며, 협객으로서의 협을 내세우며 상대를 심판하는 것이 얼마나 모순적이고 이기적인 일인 것인지.

그를 알았기에. 백소고는 어디로 가야 할지 알 수가 없었다.

'사제를 만나고 싶어.'

바람 중 하나. 자신을 위해 목숨을 내던졌던 사제를 만나고 싶다. 사제의 행동…… 협이었다.

스스로의 안위를 도모하지 않고, 죽음의 위기에서 타인을 위해 목숨을 저버리던 것. 백소고가 가진 기준 속에서 사제인 이성민의 행동은 의협이라 하기에 충분했다.

그런 사제가. 백소고가 다시 만나고 싶었던, 그 사제가. 사마련주의 제자가 되었단다.

사마련주 마황 양일천. 그를 비롯하여 그가 이끌고 있는 사파단체 사마련은 대부분의 이들이 악이라고 말하는 이들이다.

실제로 그렇지 않은가.

모든 사파인이 악이라고 하는 것은 오만한 말이겠지만, 마두라고 칭해지며 악행을 벌이는 이들의 대부분은 사파인이다.

'그리고 사제. 너도.'

화산파 장문인을 살해한 검귀를 죽여, 백소고의 사제인 이성민은 귀창이라는 별호를 얻었었다.

그때까지만 하여도 이성민은 정파의 떠오르는 신진 고수 중 하나였다. 그런데…… 어느 순간부터. 이성민은 마인이 되었다.

산 바깥의 정보에 무지했던 백소고가 하산하였을 때. 그녀는 이성민에 대한 소문을 조사하였었고, 듣게 된 소문에 많은 경악을 느꼈었다.

무림맹의 철갑신창을 살해. 미혹의 숲에서 제갈태령과 모용서진을 살해. 그리고 이제는 사마련주 마황 양일천의 제자로서, 사마련의 후계자가 되었단다.

이유가 있겠지. 무턱대고 사제를 의심하고 싶지는 않다. 어쩌면 오해가 있을지도 모른다.

그녀가 외면해 왔던 무림맹이라는 단체는, 의도하여 오해를 만들고 누명을 씌우는 것을 간단하게 할 것만 같은 단체였었다.

하지만 사마련주의 제자가 되어, 사마련의 후계자가 되는 것에 대체 어떠한 오해와 누명이 있단 말인가?

'지금은 만나러 갈 수 있어.'

생각해 봐야 의미가 없는 것이다. 백소고는 사마련이 있는 하라스로 방향을 잡았다.

긴 여행이 될 것이다. 이곳에서 하라스는 굉장히 머니까. 하지만 서두를 생각은 없었다.

하라스에 가서, 사제를 만나기 전에.

그녀는 자신이 여태까지 보지 못했던, 또, 보았음에도 외면해 왔던 이 세상을 제대로 마주 볼 생각이었다.

데니르가 했던 말이 떠오른다.

-너는 비수가 되어야 해.

떠나기 전, 데니르가 했던 말이다. 백소고는 데니르가 어떤
마음으로 그런 말을 한 것인지 이해하지는 못했다.

므쉬가 그러했던 것처럼, 데니르 또한 백소고를 자신의 화
신으로 삼았다.

왜 그가 그렇게 하였던 것인지. 그 또한 백소고는 알 수가
없었다.

정파의 명문세가. 당가는 무당파와 함께 인근에 있는 도시,
네로드에 있다.

'무당이 가까워.'

무당파라는 이름에 겁을 먹는 것은 아니다. 지금의 이성민
이라면 구파일방 중 하나는 우습게 멸문시킬 수 있으니까.

하지만 무당에는 검선이 있다. 무당파라는 이름에 겁을 먹
지는 않아도, 검선이라는 이름 앞에서는 이야기가 다르다.

검선은 사마련주가 인정한, 지금의 세계에서 사마련주와 대
적할 수 있는 고수 중 하나다.

'무신과 검선.'

그리고 사마련주까지.

그 셋 중 누가 가장 강할 것인지는 이성민도 알 수가 없었으나, 사마련주와 대등한 힘을 가진 고수라면 지금의 이성민이 대적하는 것은 불가능하다.

이성민은 괴물 같은 강함을 가진 사마련주가 패배하거나 곤란을 겪는 모습을 조금도 상상할 수가 없었고, 그의 제자로 지내면서 몇 번이나 비무를 빙자한 구타를 겪어 왔기 때문에 사마련주의 강함을 잘 알고 있었다.

검선이 사마련주와 대등하다면, 이성민은 절대로 검선을 이길 수가 없다.

검선이 무당산 깊은 곳에서 은거하고 내려오지 않는다는 것이 유일한 위안거리였지만, 암존을 죽이기 위해 나서기 전에 사마련주는 이성민에게 이미 경고했었다.

만약 검선과 싸우게 된다면 절대로 공격하지 말라고.

-어쩌면 검선과 마주치게 될지도 모른다. 그놈은 본좌로서도 의중을 알 수 없는 기묘한 놈이야. 검선이 네 정체를 간파하고, 너를 공격한다고 해도. 너는 절대로 반격하지는 마라.

-그냥 베여 죽으라는 말입니까?

-애초에 검선이 검을 휘둘러 너를 죽이고자 한다면, 네 실력

으로는 살아남는 것이 불가능해. 맞서지 말고 도망쳐라. 네가 검선의 검을 피하고, 도망치는 것은 불가능한 일이겠지만.

사마련주의 경고를 떠올린다. 그가 자신을 무시해서 저런 말을 한 것이라는 생각은 들지 않는다.

그냥, 저렇게 말할 수밖에 없을 만큼 검선의 검이 매섭다는 것이겠지.

이성민은 옷 안에 입은 마갑을 의식했다. 드워프 족장인 맥켄도르와 마이스터인 셀게루스가 함께 만든, 드래곤의 비늘과 가죽을 통째로 사용해 새로 만든 마갑이다.

빠듯할 정도로 시간을 들여 드워프의 마을을 들르고, 마갑과 창을 제작 받았다.

혹시라도 검선과 마주하게 될 때. 아니면 다른 위기를 겪을 때를 대비하기 위해서였다.

새로이 받은 마갑에 대해서는 굉장히 만족하고 있다.

강기를 정면으로 받아낸다고 해도 흠 하나 나지 않는다. 초월지경의 공격을 받는다고 하더라도 크게 두렵지 않을 정도로 갑옷은 견고하다.

그 외에도 다양한 마법적인 인챈트가 가미되어 있다.

무게도 느껴지지 않고 쾌적한 데다 보수하지 않아도 최상급의 상태를 유지한다.

손상도 스스로 복구하는 고위 인챈트가 걸려있다. 만약 검선과 만나게 된다면. 그의 일검 쯤은 무리 없이 막아낼 수 있을지도 모른다.

창 역시 마찬가지다. 지금은 장비하고 있지 않지만. 날카롭고 단단한 드래곤의 이빨을 창두로 삼고 비늘을 덧붙였다.

강기를 끌어내지 않아도 워낙에 날카로워, 이 세상에서 이 창을 써서 꿰뚫지 못할 것은 없을 것만 같았다.

어쩌면 이성민의 공격이 통하지 않았던 흑룡협의 비늘도, 이 창을 사용한다면 꿰뚫을 수 있을지도 모른다.

'그 전에. 암존이 먼저 이 창에 죽겠지.'

"주문하신 요리가 나왔습니다."

맑은 국물을 가진 소면이 이성민의 앞에 놓였다. 이성민은 영웅건을 이마에 질끈 메고서 마법이 가미된 인피면구를 쓰고 있었다.

그는 어디에나 있을 법한, 조잡한 무공을 익혔을 뿐인 주제에 젊은 협객 행세를 하는 어중이떠중이의 흉내를 내고 있었다.

누구와도 엮이지 않고 최대한 행동을 조심하고 있으니, 토벌전 때처럼 꼬투리가 잡힐 일은 없을 것이다. 그런 일이 있어서도 안 된다.

당아희의 생일은 내일이다.

암존이 이번에도 당아희의 생일에 올까? 그것에 대해서는 확신할 수 없었다. 어쩌면 이번 해에는 오지 않을지도 모른다. 하지만 올지도 모르는 일이었고, 당장의 기회를 무시하고 싶지도 않았다.

암존의 움직임은 은밀하다. 그 유령 같은 보법과 다양한 암기술은 지금도 기억하고 있다. 그때 죽을 뻔했던 것은 사실이었으니까.

'장소는 알아.'

숲에서 당아희에게 미리 전해 들었다. 매년 있는 생일 밤의 자정.

당아희가 쓰는 별관의 뒤뜰에 있는 커다란 나무 아래. 매년 생일 밤마다, 당무기는 그곳에 나타나 당아희에게 생일 선물을 전해 준다고 했다.

사실이라는 보장은 없다. 어쩌면 그 순간을 모면하기 위해 당아희가 거짓말을 했던 것일지도 모른다.

'내일이면 확인할 수 있겠지.'

보편적인 관점에서 본다면 쉬운 일은 아니다. 우선 아무도 모르게 당가에 침입해야만 한다.

그중 특히나 엄중할, 당씨 가주의 친딸인 당아희의 별관까지 침입, 뒤뜰까지 가야만 한다.

'은신은 그리 자신이 없는데.'

아주 못하는 수준은 아니다. 이성민 수준의 고수가 되면 은신술도 제대로 배워본 적은 없다 해도 어느 정도는 쓸 수 있다.

만류귀종이라는 말이 괜히 있는 것이 아니기 때문이다. 하지만 암존은 만류귀종을 운운하며 은신술로 승부를 걸 수 있는 상대가 아니었다.

어쭙잖은 은신술을 믿었다가는 암존이 눈치채고 도망칠 텐데, 그렇게 된다면 잡는 것이 더욱 힘들어진다.

하지만.

무턱대고 온 것이 아니다. 아무런 계획 없이, 어떻게든 되지 않겠느냐는 무른 생각은 하고 있지 않다.

이성민은 식탁에 올라와 있는 소면 한 그릇을 비웠다. 오늘 하루는 이 여관에서 묵는다.

내일 밤이 될 때까지 이성민은 이 여관에서 빌린 자신의 방을 나갈 생각이 없었다.

'또 흑룡협이 나타나지는 않겠지.'

최악의 가능성은 생각해 두기는 했지만, 아무리 그래도 이번에도 또 흑룡협이 나타날 것이라고 생각은 들지 않았다.

차라리 그 숲에서 주원에게 죽었다면 좋았을 텐데. 이성민은 아쉬움을 느끼며 젓가락을 내려놓았다.

'그래도 어느 정도 상처를 입은 것은 확실해.'

무림맹으로 돌아온 흑룡협은, 개인적인 이유랍시고 맹주로서의 업무를 부맹주에게 떠넘기고 모습을 감추었다.

주원을 흑룡협에게 보낸 이성민으로서는, 흑룡협이 주원과의 싸움에서 큰 부상을 입었고, 그를 치유하기 위해 잠적했다고밖에 생각할 수가 없었다.

'엘릭서로도 치유할 수 없는 상처.'

그것이 무엇인지는 알 수가 없는 일이었지만. 이성민은 못내 아쉬움을 느끼며 자리에서 몸을 일으켰다.

사실 그가 바랐던, 가장 이상적인 결과는 주원과 흑룡협 둘 다 죽는 것이었다. 거기에 창왕도 같이 싸우다가 죽었다면 더 좋았을 테고.

2장
암존

서른한 번째로 맞는 생일이다.

생일 축하를 위해 여러 곳에서 다양한 위인들이 모였지만, 당아희의 정신은 다른 곳에 가 있었다.

그녀는 주변에서 들려오는 축하에 대한 말과, 이제는 진지하게 시집을 가야 하는 것 아니냐는 부모님과 친척들의 질문에 의례적인 말로 화답하며, 연회가 끝나는 것을 기다렸다.

어릴 적부터 친하게 지낸 모용과 남궁, 제갈세가는 제각각 불행을 겪었다.

남궁희원은 가문을 떠나 소식이 끊어졌고, 제갈태령과 모용서진은 죽었다.

특히나 꼴이 안쓰럽게 된 것은 모용세가였다. 김종현 토벌에 참가한 모용세가는 가주인 모용대운과 모용세가의 정예무사들 대부분이 끔찍한 죽음을 맞았고, 간신히 살아남은 모용찬은 몰락한 가문을 재건하기에는 너무 어리고 나약했다.

게다가 그것뿐만이 아니라 모용대운이 숲에서 살해당하기 전.

딸에 대한 복수심으로 인하여 광증(狂症)을 겪은 것으로 인한 책임까지 모용찬에게 떨어져 버렸다.

무림맹은 독단으로 마법사 길드를 공격해, 그들과의 관계를 망치고 백결무혼단을 마음대로 휘두른 모용대운을 대신해 모용세가에 죄를 물었다.

그렇게 모용세가는 몰락 직전까지 갔다. 모용찬에게는 무림맹이 묻는 책임을 회피할 능력도, 항변할 말재간도 없었다.

늙은 모용세가의 장로들이 너무한 처사가 아니냐 나섰으나 무림맹은 강압적으로 나서서 죄에 대한 처리를 이행했다.

모용세가의 재산과 땅은 몰수되었고, 세가의 무사들은 힘을 잃은 가문을 버리고 떠났다.

정도의 차이는 있겠지만, 백결무혼단의 단주인 취걸도 징계를 받았다.

단주이면서도 부하들을 버리고 숲을 도망친 죄. 취걸은 그를 두고서 귀창을 잡기 위해서였다며 항변했지만, 취걸의 항변은 그를 변호하지 못했다.

귀창을 잡기 위해서, 라는 핑계를 댄 주제에 귀창이 숲 밖으로 나가는 것도 포착하지 못하고, 그의 행방을 파악하지 못했으니 오히려 더 엄한 추궁을 받아버렸다.

당아희의 경우에는 무림맹 쪽에서 별다른 압력을 받지는 않았다.

별다른 활약을 하지는 못했어도, 당아희는 숲에 남았고 도망치지도 않았다.

사실 그녀의 경우에는 도망치기는 했지만, 숲을 벗어나기 전에 다른 백결무혼단의 생존자들과 합류한 덕이 컸다.

'이건 기회야.'

당아희는 머리를 굴렸다. 촉망받았던 세가의 후기지수 중에서 건재하게 남은 것은 당아희 자신뿐이었다.

현재 젊은 무인 중에서 크게 주목받는 이들은 없고, 당가라는 든든한 배경은 아직 빛이 바래지 않아 당아희의 등 뒤를 밝히고 있다.

'오늘. 귀창은 이곳에 올 거야.'

당아희는 어느 정도 그것을 확신하고 있었다. 현재 에리아의 무림에서 가장 큰 소문을 이끌고 다니는 것은 귀창 이성민이라 해도 과언이 아니었다.

몇 년 동안 통 모습을 보이지 않더니, 갑자기 사마련주의 후계자가 되었다는 것으로 주목을 받게 되었다.

또한 과감하게도 원수인 모용세가주와 무림맹 휘하 백결무

혼단이 참가한 토벌대에 잠입하는 것으로 모두를 기만하기도
했다.

'귀창을 잡는다면.'

당아희는 작은 흥분을 느끼며 가슴의 고동을 즐겼다.

귀창을 생포하여 무림맹으로 이송한다면, 독접 당아희의 이
름은 세상 전역으로 울리게 될 것이다.

무림맹 내에서도 높은 지위에 오르게 될 것이며, 당가의 여
식으로서가 아닌 한 명의 무림인으로서의 밝은 미래가 약속될
것이다.

당아희는 자신의 위치를 제법 잘 파악하고 있었다. 어차피
여자인 그녀는 당가의 가주가 되는 것은 불가능하다.

그녀가 할 수 있는 선택은 잘해줘 봐야 두 가지뿐이다. 명성
과 권력을 겸비한 미남자에게 시집을 가서 안주인이 되던가,
아니면 스스로가 큰 명성과 권력을 가진 여류 고수가 되던가.

당아희가 바라는 것은 둘 다였다. 욕심이 많았기 때문에 그
녀는 귀창에 대한 일들에 대해 함구했다.

다른 이들의 손을 빌리지 않는다.

무림맹이나 당가 식구들에게 말한다면, 귀창을 잡을 만한
수단을 미리 준비할 수 있었겠지.

'그럴 필요가 없으니까.'

그래서 안 해도 되는 것이다. 당아희만의 실력으로는 이성

민을 쓰러뜨리는 것은 절대로 불가능하다.

하지만 당아희에게는 믿는 수단이 있었다. 무림맹의 그 어떤 척살단보다 믿을 만한 수단이.

당무기.

그녀의 고조부는, 지금으로부터 이백 년 전의 인물이다.

당가가 낳은 최고 실력의 고수였지만, 당무기는 가주가 되지 못했다.

출신이 미천하다는 것이 그 이유였다. 그러나 당무기는 가문보다 스스로의 무공을 더욱 중히 여겼기에 그것을 신경 쓰지 않았고, 어느 순간 당가를 떠나 그대로 종적을 감추었다.

당무기가 모습을 감추고서, 당시 당가의 직계가 연이은 사고로 죽음을 맞아, 당무기의 핏줄이 직계가 되었다.

당아희와 당무기가 처음 만난 것은, 그녀의 나이가 열 살이 되었을 때였다.

사고로 여읜 딸을 닮았다면서. 당무기는 당아희의 머리를 쓰다듬었고, 자신이 너의 고조부 되는 사람이라 소개했다.

'고조부님이라면.'

당아희는 당무기가 얼마나 뛰어난 실력을 가진 고수인지 잘 알고 있었다. 아버지를 포함해서 그 누구에게도 당무기와의 만남에 대해 말하지 않았다.

어린 시절에는 절대로 가족에게 말하지 않겠다는, 고조부와의 약속을 지켜야 한다고 생각해 왔었기 때문이다.

당아희는 그 순진했던 어린 시절의 자신이 뿌듯했다.

덕분에 오늘 밤. 그녀는 아무도 모르게, 당무기의 도움을 빌어 귀창을 사로잡을 수 있을 것이다.

연회가 끝나고. 당아희는 일찌감치 자신의 방으로 돌아왔다.

아직 자정까지는 시간이 남았고, 평소 같은 생일이었다면 자정에 당무기와 잠깐의 만남을 가지는 것조차 귀찮고 번거롭다 여겼을 것이다.

그녀는 더 이상 십 대 소녀가 아니었으니까. 하지만 지금은 다르다.

그녀는 어서 빨리 자정이 되어, 고조부와 만나고 싶었다. 고조부와의 만남에서 이런 기대감을 느끼는 것은 오랜만이었다.

그가 대체 어떤 신비로운 물건을 선물로 줄지에 대한 기대보다, 당무기가 이성민을 쓰러뜨려 주는 것에 대한 기대감.

당아희는 침대에 누워 방긋거리며 웃었다.

이성민은.

그런 당아희를 보고 있었다. 이성민이 당아희의 방에 있는 것은 아니었다.

[무공밖에 모르는 머저리인 줄 알았더니.]

'굳이 쓸 필요가 없으니까, 여태까지 쓰지 않았을 뿐이야.'

이성민은 그렇게 답해주면서 손바닥 아래의 수정 구슬을 내려 보았다. 들키면 어떻게 하나 싶기는 했는데, 당아희는 자신이 감시당하고 있다는 것을 눈치채지 못한 모양이었다.

에레브리사에서 구입한 초소형 마법 아티펙트다.

길어야 하루밤에 수명이 안 되지만, 설치한다면 그 장소의 영상과 소리를 엿들을 수 있다.

이성민은 연회 중인 당가에 몰래 침입했고, 미리 파악해 둔 당아희의 방에 숨어들어 아티펙트를 설치했다.

당아희의 방 안은 다양한 귀중품과 장식물이 많았기 때문에, 아티펙트를 숨길 장소를 물색하는 것은 그리 어렵지 않았다.

'그래도. 이렇게 쉽게 될 것이라고는 생각 못 했는데.'

도대체 뭔 생각을 하고 있는 것일까?

이성민은 베개를 끌어안고 킬킬거리며 웃어대는 당아희를 보며 미간을 찡그렸다.

아티펙트가 작다고는 해도, 이성민은 이런 일에 익숙하지 않다.

자신보다 하수인 당가 무인들의 이목을 속이고, 그녀의 방 안에 들어갔다 나온 것은 크게 어려운 일은 아니기는 했지만. 아티펙트를 숨긴 장소가 영 불안하여 들키는 것이 아닐까 걱정했었다.

[팔자 좋은 계집이로군.]

'아무 의심도 없는 것이 오히려 수상한데.'

[의심하는 것이 이상하지 않으냐? 생일날 자기 방에 왔는데, 어떤 미친놈이 내가 없는 사이에 내 방에 누군가가 들렀다 간 것이 아닐까, 하고 방을 뒤지겠냐?]

'그런 사람이 있을 수도 있잖아.'

[혼하지는 않겠지. 그리고 저 계집은 그런 사람이 아닌 모양이고. 게다가…… 굉장히 들떠 있는 것 같은데. 생일이라 좋은 것인가?]

'……나도 그녀가 무슨 생각을 하는 것인지 모르겠다.'

이성민이 그런 생각을 할 즈음, 당아희는 자신의 망상 속에서 수많은 이들이 보내는 찬사의 중심에 서 있었다.

악명 높은 귀창의 팔다리를 자르고 단전을 폐한 뒤에, 개처럼 질질 끌고서 무림맹에 입성한다.

모두가 귀창을 홀로 잡은 당아희에게 극찬을 보낼 것이고, 무림맹주 흑룡협이 직접 나와 당아희의 공을 치사한다.

'누구랑 결혼할까. 무당의 청명? 도사기는 하지만 지금 젊은 무인 중에서 가장 잘난 것은 청명인데. 지학은 대머리라서 싫고……'

당아희의 망상 속에서 팔다리가 잘리고 단전이 폐해졌다는 것을 알지 못하는 이성민은, 당아희가 킬킬거리며 웃는 것을 주의 깊게 바라보았다.

어쩌면 저 얼빠진 모습 전부가 연기 아닐까.

방 안에 아티펙트가 설치되었다는 것을 이미 파악했는데, 그것을 전혀 내색하지 않고서 나를 기만하고 있는 것이 아닐까.

'어쩌면 내가 암존을 습격하러 갔을 때. 미리 대기하고 있던 흑룡협이나 창왕이 나와 나를 죽일지도 몰라.'

[지랄하고 있네.]

이성민의 생각에 허주가 헛웃음을 흘렸다.

[저 계집과도 몇 번 만나봤었지. 너는 저 오줌싸개 계집이 그런 모략을 꾸밀 수 있는 인물이라고 생각하는 것이냐?]

'아니.'

[그런데 왜 쓸데없는 걱정에 심력을 소모하느냐? 말도 안 되는 생각하지 말고. 자정까지 시간이 꽤 남았으니 술이나 마시자꾸나.]

'어제도 마시게 해줬잖아.'

[술은 매일 마셔야 하는 것이다.]

'나는 아니야.'

허주의 호리병에서 나오는 술맛은 훌륭하기는 했다. 하지만 그렇다고 매일 마시고 싶은 생각은 없었다.

특히나 오늘 같은 날은. 허주는 이성민이 술의 유혹에 넘어

오지 않자 투덜거리는 소리를 냈다.

[걱정도 많다. 무당의 검선이라는 새끼는 무당산에서 나오지 않는다며? 암존과의 싸움에서 검선이 개입할 가능성은 없다.]

'꼭 그렇지도 않아.'

이성민은 미간을 찡그리며 생각했다.

'나에게 있어서 가장 편한 것은, 암존이 당가와 이 도시를 떠날 때에 그를 습격하는 것이다. 하지만 이건 솔직히 자신이 없어. 암존이 당아희와의 만남을 끝내고서 경계 없이 돌아갈 것 같지도 않고.'

아마 높은 확률로 경계할 것이다. 당가에서 암존과 소통하는 것은 당아희뿐이라고 했고. 매년 생일에도 자정에 잠깐 당아희를 만나, 선물과 덕담을 말해준 뒤에 바로 사라진다고 했으니까.

'나는 암존보다 강해. 하지만 암존의 은신을 간파하고 그를 추적할 자신은 없다.'

그렇다면, 전면전을 택할 수밖에 없다. 암존이 당가를 떠나도록 내버려 두지 않는다.

암존이 당아희의 앞에 나타난 순간. 그 자리를 습격하여 암존을 쓰러뜨리는 것.

하지만. 이성민이 암존보다 강한 것이 확실하다고 해도, 죽지 않으려 발악하는 암존을 죽이려면 소란이 발생할 수밖에 없다.

이 도시의 한복판에 있는, 당가의 안에서 소란이 이는 것이다.

자정이라고 해도 당가의 불은 환하게 켜질 것이고 사방에서 당씨 성을 가진 사람들이 튀어나올 것이다.

그것까지는 괜찮다. 악명이 늘기는 하겠지만 이제는 그런 것에 신경을 쓰지는 않는다. 다만, 소란이 벌어진다면. 그 소란이 무당까지 간다면. 그것이 은거하고 있는 검선을 움직이게 한다면?

[그래서. 안 할 거냐?]

'아니.'

이성민은 머리를 가로저었다.

암존을 죽일 수 있는 기회가 또 오리라는 보장은 없다.

은신의 고수를 확실하게 죽일 상황이 만들어졌는데, 혹시 모를 위험을 걱정하여 이 기회를 걷어차고 싶지는 않다.

암존을 죽인다면 천외천에는 무신을 포함하여 넷만 남는다.

'최대한 빠르게.'

이성민은 가부좌를 틀고 앉았다. 그는 몇 년 전에, 루베스에서 싸웠던 암존의 움직임을 떠올렸다.

기척이 잡히지 않는 신출귀몰한 보법. 순식간에 날아오는 다양한 투척 암기. 그 외에도 몸에 두르고 있는 다양한 암기들. 암존이 도망치게 둬서는 안 된다.

✦

자정이 되었다.

툭, 툭. 침대에 누워있던 당아희는 창밖을 두드리는 소리에 감고 있던 눈을 반짝 떴다.

그녀는 벌떡 몸을 일으켜서 창가로 다가갔다. 창문 바깥에 자그마한 돌들이 굴러다니고 있었다. 당아희는 방긋 웃으면서 창문을 열어, 그 아래로 몸을 날렸다.

뒤뜰의 나무는 당아희가 어린 시절에 직접 심은 나무다. 나무의 아래에 검은 무복을 입은 당무기가 서 있었다. 당아희는 고조부를 향해 환한 미소를 지었다.

"오셨어요?"

"서른한 번째 생일이구나."

당아희가 웃으며 건네는 말에, 당무기. 암존은 흐뭇한 미소를 지으며 말했다.

"올해는 네가 혼인할 것이라 생각했다만."

"눈에 차는 남자가 없어서요."

"그래. 어지간한 녀석이라면 감히 너를 데리고 갈 수 없겠지."

암존은 고손녀인 당아희를 향해 애정이 듬뿍 어린 시선을 보내며 품 안에 손을 집어넣었다.

"무엇을 줄까 많은 고민을 하였다만……."

"고조부님, 선물보다는 제 부탁을 들어주시면 안 될까요?"

"부탁?"

암존이 선물을 꺼내기 전에. 당아희가 그의 팔에 매달리면서 애교 섞인 목소리를 냈다.

"하나뿐인 고손녀의 부탁이라면 들어줘야지. 그래. 무엇을 부탁하고 싶으냐?"

"그러니까요. 어떤 녀석을 제압해 주셨으면 하는……."

당아희의 말이 끝나기 전이었다.

파직.

어둠 속에서 자색 전류가 튀어 올랐다.

당아희가 창밖을 나서는 것을 보았을 때. 이성민은 당가 건물 근처에서 몸을 감추고 있었다.

손에 들고 있던 수정구를 통해 계속해서 당아희의 상태를 살피던 중, 당아희가 창밖을 뛰어내리는 것을 확인한 즉시 몸을 날렸다.

담벽을 넘고 건물의 위를 뛰어넘었다. 순식간에 도착한 별채의 뒤뜰에는 암존과 당아희가 있었다.

'암존.'

그를 확인했을 때. 이성민은 주저 없이 흑뢰번천의 질풍신뢰를 사용하여 암존이 서 있는 곳으로 뛰어들었다.

자색 전류가 튀어 오르는 것에 암존의 눈썹이 꿈틀거렸다. 이성민이 발하는 흉악한 기세를 느끼지 못한 것은 아니었다.

다만, 기세를 간파한 것은 둘째치고서 이성민의 속도는 너무나도 빨랐다.

사마련주의 흑뢰번천은 극쾌를 추구하는 무공이고, 질풍신뢰는 그중에서 가장 빠른 경신법이다.

"음……?!"

암존의 표정이 움찔 떨렸다. 그는 즉시 소매를 휘두르며 튀어 오르는 자색 전류를 향해 비수를 쏘아냈다.

위협이 되지 않는다.

파바박!

이성민은 미리 잡고 있던 창을 반 바퀴 휘두르며 날아오는 비수를 막아냈다.

그러면서 빠르게 보법을 밟아 암존과의 거리를 좁혔다.

암존은 갑자기 튀어나온 이성민에게 당황하였으나, 고손녀인 당아희의 앞을 막아서면서 양손을 휘둘렀다. 널찍한 소매 안에서 머리카락보다 가는 침 수십 개가 쏘아진다.

예전에는 그 비수의 움직임도 쫓지 못했고, 막는 것도 불가능했지만. 지금의 이성민에게는 아니었다.

공중을 휩쓸 듯이 휘두른 창이 자색 강기를 일으키며 암존이 쏜 침을 분쇄한다.

암존은 그런 이성민의 실력에 놀라면서도 연이어 손을 휘둘렀다. 그가 손을 휘두를 때마다 그의 소매 안쪽에서는 다양한 형태를 가진 투척 암기들이 쏘아졌다.

'뭐하는 놈이지?'

암존은 이성민의 정체를 알 수가 없었다. 지금의 이성민은 인피면구를 쓰고 있었다.

그 외에도 이성민이 발하는 기운은, 과거의 루베스에서 암존이 이성민을 만나 느꼈을 때와 아주 많이 바뀌어 있었다.

'이건……'

하지만 사용하는 무공. 창을 쓰는 기술과 강기를 뽑아낼 때마다 튀어 오르는 전류.

암존의 얼굴이 딱딱하게 경직되어 간다. 그는 저 무공이 무엇인지 잘 알고 있었다. 모를 리가 없었다.

백 년도 전. 암존이 당가를 떠나 한 명의 무인으로서 세상에 나왔을 때.

그때 암존은 생애 처음이고, 또 가장 끔찍하고, 치욕스러운 패배를 겪었었다. 당시의 양일천은 사마련주의 지위에 올라있지 않았고, 별호 역시 마황이 아니었다.

그러나 그때의 양일천도 괴물 같은 강함의 소유자였다는 것은 지금과 크게 다르지 않았다.

그 우연한 만남이 비무가 되었고, 암존은 그 시점에서 미완성이었던 흑뢰번천이 얼마나 가공할 위력을 가진 무공인지 자신의 몸뚱이로 뼈저리게 느꼈었다.

'설마…… 흑뢰번천?'

전류가 흐르는 것을 보며 암존의 가슴 속에서 불안이 싹텄다. 암존이 아는 한 이 세상에서 흑뢰번천을 사용하는 것은 둘밖에 없다.

사마련주, 마황 양일천. 그리고 그가 후계자로 삼았다는 귀창. 마침 놈이 쓰고 있는 것 역시 창 아닌가. 암존의 얼굴이 하얗게 질렸다.

"……귀창?"

"응."

암존의 중얼거림에 이성민은 머리를 끄덕거렸다. 굳이 인피면구를 벗지는 않았다.

최대한 빠르게, 그렇게 암존을 제압해야만 한다.

암존의 등 뒤에 있던 당아희는 갑작스러운 이성민의 출현과 공격에 당황했다.

그녀도 아주 바보는 아니었기 때문에, 암존을 몰아붙이는 창법과 자색의 전류로 인해 인피면구를 쓴 이성민의 정체를 간파했다.

"저, 저놈이에요!"

당아희가 고함을 질렀다.

"고조부님! 저놈을 제압해 주세요! 그게 제 부탁이에요!"

대체 왜 귀창이 갑자기 나타나 싸움을 거는 것인지는 알 수 없었으나, 당아희는 오히려 이런 상황이 되어 반가웠다.

이성민을 찾아 나설 수고가 필요 없게 되지 않았나. 당아희는 고조부가 이성민을 제압할 것을 믿어 의심치 않았다.

암존의 표정은 좋지 않았다. 그도 왜 이런 상황이 되었는지 이해했다.

고손녀의 생일마다, 이곳에 와서 짧은 만남을 갖는다는 것. 암존과 당아희 외에 그 사실을 아는 사람은 없다.

천외천조차도 일 년 중 몇 시간밖에 되지 않는 암존의 외출에 대해 아는 사람은 없다.

'저 녀석에게 말했구나······!'

우연이 아니다. 귀창은. 암존이 이곳에 나타날 것임을 알고서 기다리고 있었던 것이다.

암존은 아랫입술을 빠득 씹었다. 가벼운 마음으로 입을 놀린 고손녀에 대한 분노가 솟구쳤다.

저 아이를 만나 온 이십여 년간 꾸중을 한 적이 없었는데.

아끼던 후손만 아니었다면 당장 사지를 찢어 놓았을 것인데.

쿠르릉!

이성민의 몸을 둘러싸고 있는 자색 호신강기가 부풀어 오른다. 전류가 흐르는 호신강기는 마치 뇌운(雷雲)을 몸에 휘감고 있는 것 같은 모습이었다.

암존은 이를 악물었다. 이성민이 검존을 죽였다는 것은 그도 알고 있었다.

정면으로 싸운다면 절대로 승리할 수가 없다. 저 녀석은 몇 년 전 루베스에서 보았을 때와 비교도 할 수 없이 강해졌다.

'도망쳐야…… 아니, 그렇게 된다면 저 아이는? 당가는?'

그러한 생각이 암존의 발을 묶는다. 당가를 떠났다고 해도 이곳이 자신의 가문임은 부정할 수 없는 사실. 당아희의 머저리 같은 행동에 분노하기는 하였어도, 저 아이가 아끼는 후손이라는 것 역시 바뀌지 않는 사실이다.

"도망쳐라!"

암존이 고함을 질렀다. 그가 택한 것은 결국 그것이었다.

"모든 식구를 깨워서! 당장 이곳을 벗어나게 하라!"

"고, 고조부님?!"

"어서!"

암존은 그렇게 외치면서 모든 공력을 끌어올렸다.

쿠오오오!

시커먼 호신강기가 암존의 몸을 뒤덮었다. 투척병기로는 그리 큰 위협을 줄 수 없다.

그렇다면.

암존은 허리띠를 손으로 훑었다. 얇은 연검이 풀려나와 암존의 손에 쥐어졌다.

암기라는 것은 무조건 던지는 것만이 아니다. 숨겨진 무기.

암존은 자신의 별호에 걸맞게, 그런 모든 무기에 숙달되어 익숙하게 다룰 수 있었다.

파바박!

연검을 휘두른다. 휘어지는 궤적 중에 낭창거리며 휘어진 연검은 전신이 날카로운 뱀이 되었다.

이성민은 복잡한 궤적을 만들며 몸을 노려 오는 연검을 향해 주저 없이 행동했다.

충돌한 순간.

연검은 산산이 조각났다. 암존의 눈이 놀람을 담는다.

"도망쳐라!"

암존은 다시 한번 고함을 질렀다.

당아희는 머뭇거리며 이곳에 있었다.

암존의 머리카락이 위로 솟구쳤다.

그의 장포가 크게 부풀어 오른다. 이성민이 루베스에서 보지 못했던, 암존의 전력이 발휘되려 하고 있었다.

그가 내뿜는 흉악스러운 기세가 당아희를 공포에 떨게 만들었다.

"내가 너를 죽이게 하지 마라!"

"히익!"

암존의 외침에 당아희가 놀란 비명을 질렀다. 그녀는 이번에도 오줌을 지려버렸다.

당아희는 축축하게 젖은 가랑이를 손으로 가리고서 몸을 날렸다.

암존은 당아희가 장소를 벗어나는 것을 보고 주저 없이 행동에 나섰다.

모든 식구를 데리고 떠나라, 라고 말하기는 했지만. 사실 암존은 당아희만 이곳을 벗어나면 된다고 생각했다.

당아희가 도망치는 것을 확인한 뒤에 암존은 이성민을 향해 뛰어들었다.

암존은 독공을 익히지 않았다. 그렇다고 해서 그가 독을 다루는 법에 무지한 것은 아니었다.

어지간해서는 잘 사용하지 않는다고는 하나, 이겨야 한다면 마음에 들지 않는 것이라도 써야 하는 법이다.

소매 안에서 자그마한 구슬이 미끄러져 내려왔다. 당가의 비법으로 제조한 독단으로, 터뜨린다면 사방을 치명적인 독무로 가득 채운다.

독에 대한 방비는 이미 되어 있었기에, 암존은 망설임 없이 독단을 터뜨렸다.

푸확!

시커먼 독무가 이성민을 덮쳤다.

하지만 암존은 모르고 있었다.

독무가 사방으로 퍼져나갔음에도 이성민의 행동은 조금도 느려지지 않았다.

초월지경의 고수라면 대부분의 독에 내성을 갖겠지만, 암존이 터뜨린 독무는 그런 하찮은 수준의 독이 아니다.

그럼에도 행동에 조금의 변화도 없는 이성민을 보며 암존은 내심 크게 당황했다.

[저놈은 네가 만독불침이라는 것을 모르는 모양이군.]

허주가 낄낄거리며 웃었다. 암존이 양손을 뻗어 장력을 날렸다. 치명적인 위력을 가진 강기와 독무가 뒤섞인다.

만독불침을 완성한 이성민은 독에 큰 위협을 느끼지 못했다.

또한, 드래곤의 소재를 사용해 만든 갑옷과 창은 독에 녹을 일도 없었고 저 정도 강기는 손쉽게 절단하는 것도 가능했다.

이성민이 독무를 뚫고 달려들자 암존은 경악했다. 그는 여러모로 이성민과 상성이 좋지 않았다.

그의 암기는 빠르고 은밀했지만 결정적인 위력이 부족했는데, 이성민이 새로이 만들어 입은 갑옷과 호신강기는 암기로 뚫기에는 너무 견고했다.

또한 암기를 다루는 암존의 빠른 손동작마저도 극쾌를 추구하는 무공인 흑뢰번천과 비교한다면 몇 수 뒤처진다.

거기에 사방을 휩쓸어버리는 암존의 독공조차도 이성민의 만독불침을 침범하지 못한다.

최악의 상성이다. 육존자 중 암존만큼 지금의 이성민과 상성이 좋지 않은 고수는 없을 것이다.

하지만 그렇다고 암존이 호락호락한 것은 아니었다. 암존의 발이 움직였다.

기척을 전혀 잡지 못하는 신출귀몰한 보법이 펼쳐졌다. 유령마냥 희끄무레한 잔상을 남기며 암존이 독무 속을 뛰어다녔다.

이성민의 발이 들렸다. 암존이 보법으로 승부를 걸어 오자, 이성민도 보법을 선택했다.

무영탈혼 삼식. 이보겁살, 벽력(霹靂). 처음으로 뻗은 오른 걸음이 뇌운을 불러일으킨다. 그리고 두 번째 걸음을 디뎠을 때.

쫘르르릉!

주변에 퍼져나간 뇌운들이 일제히 자색 번개를 쏘아냈다.

흑뢰번천의 심득이 가미 된 무영탈혼은 더 이상 보법이라고 할 수가 없었다. 이것은 걸음으로 만들어내는 필살의 기공이었다.

"커흡!"

터져나간 자전(紫電)과 충돌한 암존의 입에서 시커먼 피가 튀었다.

호신강기를 몸에 두르고 있음에도 암존은 내장이 불타는 것만 같은 격통을 느꼈다.

그는 얼굴을 일그러뜨리고서 오른손을 움직였다.

손바닥만 한 크기의 원반이 그의 손에 쥐어졌다.

끼리리릭!

암존이 손가락에 걸친 원반이 맹렬한 회전을 시작했다. 독무와 강기가 얽힌 원반이 암존의 손을 떠났다.

단순히 암기를 던진 것이 아니다. 이러한 암기술로는 이성민을 위협할 수 없다는 것은 뼈저리게 느꼈다.

던진 암기의 움직임을 쫓던 암존의 두 눈이 부릅떠졌다.

슈왁!

공간이 찢어지더니 원반이 그 안으로 모습을 감춘다. 공간의 틈을 파고들어 온 원반이 전혀 다른 공간을 뚫고 모습을 드러냈다.

초월지경의 심득은 공간에 간섭하는 것. 그것에 암기술을 접목시켰다.

절대로 피할 수 없는 암기다. 그러한 암존의 공격에는 이성민도 내심 놀랄 수밖에 없었다.

그는 급히 몸을 비틀어, 바로 등 뒤에서 날아온 암기를 피하려 했다.

'늦었다.'

본능적으로 알았다. 치명상은 아니겠지만. 완전히 피하지 못하는 것은 어쩔 수 없는 사실이었다.

독이 발라진 암기. 만독불침이 아니라면 조금 스친 것으로도 큰 위협이 되겠지. 이성민은 자신이 만독불침을 이루었다는 것에 대해 허주에게 감사를 느꼈다.

따악.

"……뭐?"

암존이 기대했던 것과는 전혀 다른 소리가 났다.

이성민도 순간 당황하여 행동이 굳어버렸다.

이성민의 왼쪽 어깨를 스친 암기는, 아니, 스치지도 못했다.

닿는 순간 원반의 회전은 멈췄고 날이 뭉개져 버렸다. 힘을 잃고 떨어진 원반을 내려 보는 이성민과 암존, 둘은 할 말을 잊었다.

[갑옷이 많이 단단하군.]

허주도 설마 이렇게 될 줄은 몰랐다는 듯 바보 같은 목소리로 중얼거렸다.

공간왜곡을 일으키며 전혀 다른 방향으로 들어온, 치명적인 암기는.

이성민이 입고 있는 마갑을 찢지 못하고 허무하게 떨어져 버린 것이다.

호신강기를 관통하면서 위력이 약해진 탓도 있기는 했지만, 드래곤의 비늘은 이 세상에 존재하는 소재 중에서 가장 견고한 것 중 하나다.

자체적으로도 최고의 소재라고 할 수 있는 비늘에, 드워프 족장인 맥켄도르와 마이스터인 셀게루스의 작업이 더해졌다.

"뭔 갑옷이……."

암기를 던진 암존도 설마 이렇게 될 것이라고는 생각하지 못했다.

치명상은 아니어도 작은 상처쯤은 낼 것이라 자신했는데. 갑옷에 흠집조차 내지 못했다.

"……흠."

이성민은 떨어져 있는 암기를 보며 중얼거렸다.

"여태까지 괜히 피하고 막았네."

이성민은 그렇게 중얼거리고서, 암존의 정면으로 뛰어들었다.

제법 공을 들여, 숨겨진 한 수라고 할 수 있을 정도는 되는 암기술이었다.

한데 그런 암기술이 저따위 갑옷 하나를 뚫지 못하고 가로 막혀 버렸다.

암존은 그 빌어먹을 상황에 당황하고 경악하였지만, 우두커 니 서서 자신이 평생 익혀 온 암기술에 대해 회한을 갖지는 않 았다.

그는 되려 사나운 고함을 지르면서 이성민을 향해 정면으 로 뛰어들었다.

암존의 양손을 덮고 있던 커다란 소매가 펄럭거린다.

암존은 팔뚝만 한 크기의 쌍검을 쥐고서 현란하게 팔을 휘 둘렀다.

교차로 몰아치는 쌍검을 향해 이성민은 창을 짧은 간격으 로 잡고서 휘둘러 쳤다.

꽈앙!

충돌과 동시에 쌍검의 날이 분쇄되었다. 똑같이 강기를 입 히고 부딪혔음에도 이런 결과가 나버린다.

아무리 이쪽의 강기가 약하다고 해도 일격조차 버티지 못 할 줄은. 아니, 강기의 문제가 아니다.

'저 창!'

암존의 두 눈이 이성민의 창을 본다. 드래곤의 소재만으로 만들어낸 창은 강기의 질을 떠나서 무기로써 너무 뛰어났다.

암존은 칼날 없는 쌍검의 칼자루를 빙글 돌렸다. 그러는 중에 칼자루에 설치해 둔 장치를 손끝으로 더듬어 발동시킨다.

푸확!

칼자루 끝이 폭발하며, 그 안에 숨겨 두었던 수십 개의 모침이 이성민을 향해 쏘아졌다.

피할 필요가 없음을 알았다. 기관의 힘을 빌어 쏘아낸 암기는 갑옷에 닿는 일 없이, 호신강기만으로 태워버릴 수 있다.

그를 알았기에 이성민의 행동은 과감해졌다. 그는 쏘아지는 수십 다발의 모침을 향해 그대로 달려들면서 호신강기를 일으켰다.

하수(下手)는 아니다. 자신과 대등…… 아니, 자신보다 강하다. 암존은 이성민이 자신보다 수준 높은 고수임을 인정했다.

또한, 그런 이성민을 상대로 기관의 힘을 빌린 조잡한 암기가 먹히지 않을 것임도 알았다.

'시간 끌기도 안되는군.'

아무 일 없었다는 냥 덤벼드는 이성민을 보며 암존은 이를 악물었다.

그는 허리에 감은 요대를 풀어 손에 쥐었다. 이쪽에 숨겨 두었던 연검은 이미 사용했고, 칼날이 박살 나 다시는 쓸 수 없게 되었다.

하지만 암존은 요대를 쥔 손을 가볍게 휘둘러 왼손과 팔뚝을 요대로 칭칭 감았다.

얼마나 버틸까. 그런 생각을 하며 팔을 휘두른다.

손에 감고 있던 요대는 넓은 면적을 가진 채찍이 되었다. 바람을 찢으며 채찍이 날아온다.

암기가 공간을 왜곡시켰듯이 암존이 휘두르는 채찍 역시 공간을 왜곡시켰다.

공간을 참격으로 만들어 날리던 심검처럼. 하지만 검존의 심검만큼 위협적이지는 않다. 애초에 지금의 이성민을 상대로는 검존 본인이 직접 와서 심검을 펼친다 하더라도 큰 위협이 되지는 않는다.

무영탈혼 이식, 일보무영(一步舞影), 뇌운(雷雲).

파바박!

한 걸음을 뻗는 것으로 수십의 잔영을 만들어낸다.

단순한 잔영이 아니다. 흑뢰번천의 구결이 실린 잔영은 그 자체만으로 상대를 절명시키는 뇌운의 그림자가 되었다.

꽈르릉!

채찍에 분쇄된 잔영이 박살 나며 사방으로 번개를 쏘아냈다. 그것에서 무공이 연계된다. 다시 한 걸음 걷는 것으로 이보겁살, 벽력이 만들어졌다.

꽈아아앙!

수십 개의 폭탄이 동시에 터지는 소리와 함께 암존의 채찍이 흔적도 없이 타버렸다.

암존은 호신강기를 크게 일으키며 폭발의 충격을 버텨냈다. 아직 끝나지 않았다.

암존은 지치지도 않고서 연속해서 양손을 움직였다.

한 번 움직일 때마다 암존의 손에 다른 형태의 암기가 쥐어졌고, 쥐어낸 즉시 그것을 쏘아낸다.

형태가 다른 암기는 그만큼 수십 가지의 사용법이 있다.

'너무 단단해!'

수십의 암기, 수십의 사용법. 모두가 통하지 않는다.

초월지경의 심득은 계속해서 사용하고 있다.

공간을 왜곡하여 전혀 다른 방향에서. 왜곡된 공간을 참격으로 삼아 암기의 위력을 늘려 보기도 하고. 사방을 점하여 동시다발적으로 파고드는 암기.

……다만, 뚫리지 않는다. 호신강기를 파고 들어가도 갑옷을 꿰뚫지 못한다.

이성민은 맥켄도르와 셀게루스에게 감사했다. 허주의 보물이라는 호리병의 술을 아낌없이 먹여가며 만든 만큼의 값어치는 넘치도록 하고 있다.

[개 같은 새끼. 내가 그렇게 먹자고 할 때는 꺼내지도 않더니.]

허주가 투덜거리는 소리를 내기는 했지만 무시한다.

거듭해 던진 암기가 통하지 않음에도 암존은 멈추지 않고 있었다.

암존은 잘 알고 있었다. 여기서 이성민의 추격을 떨치고 도망치는 것은 불가능하다는 것을.

아무리 암존의 신법이 신출귀몰하다고는 하지만, 이 거리에서 이성민의 이목을 숨기고 완전히 도망치는 것은 불가능하다.

'둘 중 하나다.'

암존의 두 눈이 고요하게 가라앉았다.

둘 중 하나. 귀창을 죽이던가, 내가 죽던가. 그를 확실하게 이해하니 오히려 마음이 평온해졌다.

이렇게 전력으로 무공을 펼친 적이 얼마 만이던가? 의식하지 않았던, 오랫동안 쌓아온 갈증이 해소되어간다.

그래, 그것으로 충분하다. 이미 넘치도록 오래 살았다. 고손녀의 바보 같은 짓에 이런 처지가 되기는 했다만.

'그래도…… 그 아이는 도망쳤으니.'

암존은 양팔을 크게 펼쳤다. 이성민과의 거리가 가깝다.

파고드는 것은 순식간, 피하지 않으면 죽는다.

막는 것은 불가능하겠지. 저 무식한 위력을 가진 창은 암존의 호신강기를 두부마냥 쉽게 꿰뚫어버릴 테니까.

알지만 피하지 않는다.

암존의 양손이 잔상을 그리며 움직인다. 움직이는 궤적에 생기는 잔상은 수백.

그 수백 쌍의 팔이 각기 다른 암기를 쥐고 있다. 그러한 암존의 모습은 천 개의 암기를 손에 쥔 천수여래처럼 보였다.

온다. 저것이 무엇을 고하는 것인지, 이성민은 잘 알았다.

루베스에서 이성민은 저 무공에 죽을 뻔했었다.

만천화우. 시간을 쪼개고 쪼갠, 찰나의 순간에 일천 개의 암기가 동시에 쏟아졌다.

방어는 의미가 없는 공격이다. 갑옷이 아무리 단단하고 호신강기가 진하다고 해도 초월지경의 심득을 가득 실은 만천화우는 암존이 펼칠 수 있는 최강의 무공이었다.

이성민도 알았다. 이전처럼 갑옷의 단단함만을 믿어서는 안된다고. 이성민은 왼발을 뒤로 빼며 창을 들었다.

암기가 덮쳐오는 것은 순식간. 즉각적으로 대응해야 한다.

절명섬 뇌광.

가장 빠르게 쏘아낼 수 있는 창. 두 번 빛이 번쩍거리며 암기를 가까운 암기를 요격했고, 이성민은 뒤로 끌어 뺐던 발을 다시 앞으로 미끄러뜨렸다. 절명섬에서 즉시 분뢰추살로 연계한다.

구천무극창 삼초, 분뢰추살(分雷追殺) 뢰섬(雷殲). 거기에 혈환신마공의 혈류추살까지 섞었다.

빠지지직!

창을 뒤덮고 있던 자전이 격렬한 빛을 토하며 연이어 터지는 소리를 발했다.

뻗는 것은 한 번의 창. 하지만 그 창을 뒤덮고 있던 자전의 강기가 수십 다발로 나누어지며 앞으로 쏘아진다.

그것으로 끝이 아니다. 뻗은 창을 회수, 다시 쏘아내는 것이 반복되면서 강기는 다시 한번 쏘아진다.

수십 갈래의 자전이 수십 번 창을 쏘아내며 수백이 된다.

만천화우와 분뢰추살 뢰섬이 정면으로 충돌했다. 암존은 부풀어 오른 자전의 뇌운을 보며 양손을 다시 한번 들었다.

그의 손에는 암기가 쥐어져 있지 않았다. 대신 그가 쥔 것은 한 자루의 섭선이었다.

촤악!

손짓으로 섭선을 펼치며 암존은 두 눈을 반개했다.

'와라.'

필요한 것은 세 걸음. 한 걸음으로 뇌운을 일으킨다. 두 걸음으로 뇌운을 부풀린다. 세 걸음으로 뇌운을 폭발시킨다.

그 세 걸음은 이성민이 본래 익히고 있던 무영탈혼의 삼보필살. 본래부터 필살의 이름에 맞는 위력을 가진 무공이었지만, 이 무공에도 흑뢰번천의 구결은 들어가 있다.

삼보필살(三步必殺) 천굉(天轟).

꽈아아앙!

뇌운이 폭발하며 모여 있던 수백 줄기의 자전이 사방을 휩쓴다.

암존은 피하지 않았다. 그는 고함을 지르며 섭선을 휘둘렀다.

꽈르르릉!

섭선이 휘둘러지며 거대한 바람이 일어났다. 그것은 얽히고 얽혀 밀려오는 자전의 방향을 바꾼다. 섭선이 불탔다. 암존은 주저 없이 근원진기를 격발시켰다.

한 번 섭선을 휘둘러 자전의 흐름을 바꾸었다. 그렇게 만든 틈이다.

암존은 품 안에서 새하얀 비수를 꺼냈다. 이미 가진 암기는 모조리 사용했다. 이것이 암존이 쓸 수 있는 마지막 암기였다.

파고들어 가야 한다. 나는 이곳에서 죽는다.

그런 결과를 바꿀 수는 없다. 하지만 암존은, 지금의 자신이 할 수 있는 최선의 일을 할 생각이었다.

'무신.'

암존은 땅을 박차고 뛰었다. 그는 죽음이 흘러넘치고 빛이 되어 터지는 뇌광 속으로 스스로 뛰어들어 갔다.

환한 빛이 시력을 앗아간다. 암존은 자신의 두 눈이 다시는 다른 무언가를 볼 수 없게 되었음을 알았다.

호신강기가 타들어 가고 살갗이, 근육이 타들어 간다. 하지만 신경은 이어져 있다.

비수를 쥐고 있는 손은 움직인다. 빛에 타들어 간 눈은 새하얀 빛밖에 보지 못했다. 그러한 세계에서 암존은 무신을 떠올렸다.

사마련주에게 겪은 처참한 패배 이후 떠돌았다. 그러던 중 무신을 만나고, 천외천에 들어왔다.

무신이 만들고자 한 세상. 천외천의 이상. 이 세상에 괴물이 없는, 인간만이 살아가는.

사실 천외천의 육존자 대부분은, 그런 무신의 말이 터무니없는 것임을 알고 있었다.

그 이상은 거짓이고 그 속에는 다른 무언가가 있을 것임을 직감하고 있었다.

어느 쪽이든 상관없다. 육존자는 강했고, 무신은 하늘이었다. 그를 따른다면 그에 걸맞은 위치에서 권력을 누리리라는 걸 알고 있었다.

암존은 달랐다. 당아희를 닮았던 딸을 죽인 것은 인간이 아닌 괴물이었다.

괴물이 싫다. 요마가 싫다. 그들이 없는 세상을 만들겠다는 무신의 이상은 암존의 이상과 같았다.

'당신이 만드는 세상을 보고 싶었다.'

나는 여기서 죽는다. 하지만, 내 행동이 당신이 만들고자 하는 세상에. 당신의 이상에 일조할 수 있으리라 믿는다. 이 녀석은 위험하다.

불과 몇 년도 되지 않아 이렇게까지 강해진 놈인데. 어쩌면…… 이 녀석은. 언젠가 당신을 위협할 만큼 성장할지도 모른다.

그러니 여기서 멈추게 해야만 한다.

이성민은 근원진기까지 격발시키며 뛰어들어오는 암존을 보며 창을 들어 올렸다.

시력을 잃은 암존은 본능만으로 이성민을 노리고 있었다.

이성민은 암존이 쥐고 있는 새하얀 비수를 보았다. 심상치 않아 보이는 비수. 암존의 몸을 불태우는 강기 속에서도 비수는 그 형태를 잃지 않고 백색의 빛을 내뿜고 있었다.

[맞지 않는 것이 좋을 거야.]

허주가 경고했다.

빛이 잠들었다. 이 주변을 모조리 날려버릴 듯이 몰아쳤던 자전이 가라앉는다.

잔류한 자전이 파직거리며 이성민의 주변을 맴돈다. 이성민은 길게 뻗었던 창을 천천히 아래로 내렸다.

창의 끝에는 암존이 매달려 있었다. 이성민의 창은 정확히 암존의 심장을 꿰뚫었다.

심장이 꿰뚫렸음에도 암존은 비수를 휘둘러 이성민을 찌르려 했으나 그의 비수는 끝내 이성민을 찌르지 못했다.

이성민은 왼손에 들고 있던 암존의 오른팔을 들어 올렸다. 팔꿈치부터 비틀어 뽑아낸 팔은 피조차 흐르지 않았다.

암존의 오른손이 꽉 쥐고 있는 비수는, 비수라기보다는 송곳처럼 보였다.

아니, 정확하게 말하자면 백색 나뭇가지를 아무렇게나 부러뜨린 것 같은 모양이었다. 이성민은 이게 무엇인지는 정확히 알 수 없었으나, 일단 품 안에 넣어 두었다.

그리고 암존의 시체를 향해 다가갔다. 전신이 불타버린 암존의 시체는 이전의 모습이 남아 있지 않았다.

죽기 직전. 목숨을 각오한 결의를 다졌던 표정도 남아 있지 않다. 이성민은 그 자리에 우두커니 서서 암존이 죽은 모습을 내려다보았다.

이것으로 이성민은 육존자 중 셋을 직접 죽였다.

남은 것은 도존과 창왕, 월후.

그리고 천외천의 정점에 서 있는 무신뿐이다.

사실 이렇게 죽이지 말 것을 그랬나, 조금 아쉽기는 했다. 권존에게 천외천에 대한 이야기를 듣기는 했지만, 암존에게는 다른 이야기를 들을 수 있지 않았을까 하는 생각 때문이었다.

'이제 와서 생각하기에는 늦었군.'

이성민은 그런 아쉬움을 느끼면서 몸을 돌렸다. 암존에게서 정보를 얻지는 못했지만, 계획했던 대로 암존을 죽이는 것에는 성공했다.

이제는 이곳을 이탈해 사마련으로 돌아가면 된다.

당가와 더 마찰을 빚고 싶은 생각은 없다. 사실 굳이 마찰을 빚는다, 라고 할 것도 없었다.

이성민이 암존과 싸움을 벌이면서 주변으로 퍼진 파괴는, 당가의 건물을 이 땅에서 모조리 지워버렸다. 미리 탈출하지 못한 이들은 눈먼 힘에 얻어맞아 죽어버렸을 것이다.

당아희를 비롯한 그녀의 가족은 목숨을 건졌다.

사정을 모르는 그들로서는 마른하늘에 날벼락을 맞은 것과 다름없었다. 딸아이의 생일인 밤에 가문의 본가가 날아가 버렸다.

"이, 게 대체……"

당가의 가주. 독성(毒星) 당지우는 새카만 재만 남은 건물터를 보며 말을 잊지 못했다.

그런 당지우의 곁에서 당아희는 어쩔 줄 몰라 하며 발을 동동 구르고 있었다. 그녀는 설마 일이 이렇게 되리라고 상상하지도 못했다.

"저기, 시체가 있습니다."

살아남은 당가의 무사 중 하나가 당지우에게 다가와 그렇게 고했다.

당지우의 조부인 당무기의 시체였지만, 시체는 너무 훼손되어 살아 있을 적의 모습이 조금도 남아 있지 않았다.

"누구의 시체지……?"

"모르겠습니다."

"귀창이 습격해 왔던 것은 확실한 것이냐?"

당지우가 당아희를 보며 물었다. 당아희는 속으로 찔끔하였지만, 머리를 끄덕거렸다.

"네? 네, 네. 귀창. 그 나쁜 자식이 갑자기 별채로 습격해 왔어요."

"그 잔악한 마두가 왜 너를…… 아니, 왜 당가에서 이런 소란을 벌였단 말인가?"

"귀창과 누군가가 맞서 싸웠던 것으로 보이는데. 대체 누가 귀창과 싸운 것이냐?"

당아희의 숙부가 그를 질문했지만, 당아희는 머리를 가로저었다.

"그게…… 저도 잘 모르겠어요."

당아희는 고조부인 암존에 대한 이야기를 하고 싶은 마음이 없었다.

말하게 된다면 왜 여태까지 그런 말을 하지 않았느냐 꾸중을 들을 테고, 정황상 가문이 이런 화를 입은 것에 대해 자신이 문책받을 수도 있다는 생각이 들었기 때문이다.

"이 시체가 귀창의 것일까?"

"창은 없는데⋯⋯."

"귀창은 대단한 고수요. 그가 죽었을 것이라고는 생각되지 않아⋯⋯."

모여든 사람들이 수군거린다. 당아희는 검게 타죽은 시체를 내려다보며 눈썹을 찡그렸다.

그녀는 자기 좋을 대로 생각하고 있었다. 저것은 고조부의 시체가 아니다. 고조부는 대단한 고수니까.

이곳에서 싸움을 하다가 몸을 빼냈을 것이다. 귀창이 고조부를 죽였으리라는 생각은 조금도 하지 않는다.

'재수도 없지. 미리 도망치지 못하고 죽어버린 모양이야.'

당아희는 암존의 시체를 보고 생각했다.

당아희는 저 시체가, 자신의 시종 중 하나라고 확신하고 있었다.

네로드를 벗어난다.

벗어나지 못했다.

성문을 뛰어넘었다. 즉시 이 지역을 이탈해 다른 지역으로

이동하고, 그쯤에서야 여유를 찾고 사마련이 있는 하라스까지 복귀하는 것이 이성민의 계획이었다.

하지만 그가 이전에 걱정했던 것처럼. 상황은 이성민이 바라던 것처럼 되지 않았다.

순식간에 벌어진 일이었다. 하늘에서 떨어진 무언가가 이성민의 발 앞을 꿰뚫는다.

그것은 장식 하나 없는 수수한 형태의 검이었다.

검, 을 본 순간. 이성민은 자신의 걱정과 또 사마련주가 염려했던 일이 현실이 되었음을 깨달았다.

'검선······!'

생각과 즉시 몸을 움직인다.

흑뢰번천의 질풍신뢰를 거듭해서 사용해, 이성민은 그 공간을 벗어났다.

최대한 이곳에서 떨어진 뒤에 요정마를 불러들인다.

요정마를 사용할 수 있는 것은 마지막 한 번. 그러니 아낄 수 있다면 아끼고 싶은 것이 솔직한 마음이었으나, 지금은 그럴 상황이 아니었다.

여기서 요정마를 사용하지 않는다면 이곳에서 벗어날 수 없다.

거듭해서 펼친 질풍신뢰가 어마어마한 공간을 관통한다.

공간의 틈새를 꿰뚫고 들어가는 이 극쾌의 경신법은 초월지경이 아니라면 사용할 수가 없고, 지금의 이성민도 완전히 사용할 수 있다는 자신이 없었다.

하지만 억지로 사용한다. 육체의 부담은 신경 쓰지 않는다.

괴물의 것에 가까운 이성민의 몸뚱이는 무리한 운용으로 인해 부담을 끌어안은 몸뚱이를 순식간에 치유하고 이끈다.

하지만 검은 계속해서 이성민을 쫓아왔다.

최상승의 경지에 오른 이기어검이다. 이성민이 질풍신뢰로 공간을 관통해 이동한다면, 이기어검 역시 똑같이 공간을 관통했다.

거듭해 질풍신뢰를 펼쳤음에도 검은 여전히 뒤에 있다. 이성민은 이를 악물었다.

사마련주의 경고가 머릿속을 맴돈다. 검선과 맞닥뜨리게 된다면 절대로 공격하지 마라. 무조건 도망쳐라.

검이 뒷목까지 다가온 상황에서도 이성민은 그러한 사마련주의 말을 기억했다.

그는 계속해서 도망쳤고, 이기어검을 뿌리치려 했다. 하지만 그것도 오래 가지 못했다.

더 이상 질풍신뢰를 펼칠 수 없게 되자, 이성민은 이를 악물고 다리를 멈추었다.

이기어검은 여전히 이성민의 뒤에 있었다. 조금만 움직인다면 칼끝이 닿는 거리. 이성민은 그 자리에 우두커니 서서 움직이지 않았다.

이성민이 움직이지 않자, 검도 움직이지 않았다.

[왜 가만히 있는 것이냐?]

검이 웅웅거리며 떨린다.

[계속해서 도망쳐 보아라, 아가야. 술래잡기도 꽤 재미있으니깐.]

"……검선이십니까?"

[낄낄낄! 이 늙은이 말고 누가 이렇게 검을 재주 좋게 다룰 수 있겠느냐? 어떠냐. 이 늙은이의 재롱이 제법 훌륭하지?]

"나한테 왜 이러는 겁니까?"

이성민은 완전히 몸을 돌렸다. 허공에 멈춘 검은 그 끝으로 이성민의 미간 사이를 겨누고 있었다.

[이런 뻔뻔한 놈을 보았나. 아가야. 이 늙은이가 왜 이러는 것인지 정녕 몰라서 묻는 게냐?]

"나는 무당에 아무런 해도 끼치지 않았습니다."

[아가야. 이 늙은이는 표면상이나마 정파에 속한 무당에 적을 두고 있단다. 한데 네가 무당과 밀접한 정파 땅에서 난리를 쳤지 않느냐?]

"그래서 나한테 이러는 겁니까?"

[낄낄낄! 아니, 그냥 핑계일 뿐이란다. 꽤나 실력이 출중하고 재미난 놈이구나 싶어서 말이야. 그래서 장난을 쳐 보았는데, 네가 제법 잘 뛰더구나. 그래서 이 늙은이도 제법 흥이 났어.]

"이게 장난이라는 겁니까?"

이성민은 검을 노려보며 내뱉었다. 검선과 처음으로 이야기를 나누는 것이었으나. 그는 검선이 대체 어떤 성격을 가진 인물인지 파악하지 못하고 있었다.

[노망난 늙은이 같은데?]

허주의 중얼거림에 이성민은 어느 정도 공감할 수밖에 없었다.

[이게 장난이 아니면 무어냐? 너를 죽이지도 않았고, 제대로 베어내지도 않았다. 그냥 검만 보내어 휙휙 쫓아다닐 뿐이었지. 너는 즐겁지 않던 것이냐?]

"하나도 안 즐겁습니다."

[이 늙은이가 즐거우니 되었다. 일천이의 후계자라 하기에는 조금 부족한 듯싶지만. 질풍신뢰가 아직 어색한 모양이더구나! 백 년 전의 일천이보다 부족해.]

"……나를 죽일 겁니까?"

[그런 무서운 말은 하지 말지 그러냐? 이 늙은이는 도사다. 무의미한 살생은 하지 않아.]

검선이 엄격한 목소리로 말했다.

[죽일 만한 놈이라면 죽이겠지만 말이다. 아가야, 너 스스로 말해 보거라. 너는 죽일 만한 놈이냐?]

"……그 정도는 아니라고 생각합니다만."

[그건 내가 판단해야지.]

검선이 웃는 목소리로 말했다.

[아가야. 이 늙은이도 듣는 귀는 달려 있단다. 귀창이라 불리는 네가 어떤 악행을 저질렀는지는 모두 들었단 말이지.]

"그 대부분의 일이 오해일 겁니다."

[결백하다 말하고 싶으냐? 증명은 할 수 있고?]

"증명할 수 있었다면 진즉에 했겠지요."

[낄낄낄!]

이성민의 말에 검선이 시끄러운 목소리로 웃었다.

[기왕이면 너와 만나 직접 이야기를 나누어 보고 싶다만. 이 늙은이가 너 하나 보자고 노구를 이끌고 거기까지 가는 것도 그렇고…….]

"나보고 무당으로 오라는 겁니까? 제가 갈 것 같습니까?"

[안 오면 어쩔 테냐? 네가 오지 않겠다고 하면 나는 이 자리에서 너를 죽일 텐데?]

"무의미한 살생은 하지 않는다고 하지 않으셨습니까."

[너를 죽이는 것이 무의미하다고 생각하지는 않는다.]

검이 웅웅거리며 떨린다.

이성민은 아랫입술을 잘근 씹었다. 그는 검선의 말을 통해, 검선이 어디에 있는 것인지 대강이나마 짐작하고 있었다. 하지만 그것이 도무지 믿기지 않았다.

"……검선. 당신은 지금 무당산에 있는 겁니까?"

[그렇지.]

검선은 주저 없이 대답했다. 그 말에 이성민은 허탈한 웃음을 흘렸다.

거짓말이 아니다. 감각의 날을 세워 주변을 샅샅이 살펴보았음에도, 검선의 존재감은 느껴지지 않는다.

무당에서 여기까지. 그 어마어마한 거리로 이기어검을 펼치고 있다고?

"뭔 이기어검이……."

[이게 진짜 이기어검이지. 이 늙은이가 검을 휘두른 세월이 수백 년이다. 검 하나에 있어서 역사상 제일의 자질을 가지고 있는 것이 이 늙은이인데, 그 자질을 가지고 수백 년 검을 휘둘러 왔다. 검선이라 불리려면 이 정도는 해야 하지 않겠느냐?]

확실히. 이성민은 검존을 떠올리며 아랫입술을 잘근 씹었다. 검존 역시 수백 년 검을 휘둘러 초월지경에 든 괴물이었는데. 검선과 비교한다면 어린아이 수준 같았다.

[가거라.]

잠깐의 고민 끝에, 검선이 그렇게 말했다.

[꽤 고민하기는 했는데, 너는 여기서 죽이지 않는 편이 나을 것 같구나.]

"……어째서입니까?"

[살려주겠다는데 고맙다는 말은 못 할망정.]

검선은 그렇게 투덜거리기만 할 뿐, 이성민을 죽이지 않는 쪽으로 선택한 이유에 대해서는 말하지 않았다.

[뭐하냐? 안 도망치고. 이 늙은이가 마음이 바뀌기 전에, 어서 도 망치도록 해라.]

검선이 그렇게 내뱉었다. 그 말에 이성민은 머뭇거리지 않고 몸을 돌렸다. 요정마를 쓸 수 있는 마지막 기회를 사용하지 않 아 다행이라고 생각하면서.

이성민은 있는 힘을 다해 뛰어 그 자리에서 벗어났다.

"몸은 움직일 만한가 봐?"

방 한가운데에 정좌해 눈을 감고 있던 도중, 그런 목소리가 들렸다.

김종현은 감고 있던 눈을 반개하고서 문 앞을 바라보았다. 김종현은 노크도 없이 들어 온 뱀파이어 퀸에게 무례를 묻지 는 않았다.

따지고 보면 그가 무턱대고 찾아와 식객으로서 있는 입장이 었으니까.

"당신의 보살핌 덕에."

"역겨운 말은 하지 말아줄래?"

김종현의 능글맞은 대답에 제니엘라는 진심으로 싫다는 듯이 대꾸했다.

그녀는 피를 가득 부어 담은 듯한 두 눈에 진한 짜증을 담았다.

숲의 의식이 실패한 후, 김종현은 자신이 몸을 숨길 은신처로 제니엘라의 저택을 골랐다.

현재 프레데터는 많은 힘을 잃었다. 아크 리치인 아르베스는 김종현에 의해 소멸을 맞았고, 요괴의 왕이었던 적귀는 어르무리의 야나에게 심장이 뽑혀 행방이 묘연했다.

주원은 자신이 죽인 호원의 숙원을 이루기 위해서, 그리고 긴 세월 살아오면서 생겨버린 권태에 찌들었다.

데스나이트를 이끌고 있는 볼란데르는, 데스나이트의 저주를 벗어 던지기 위해 드래곤을 찾아 헤매고 있다.

그리고 제니엘라는 아무것도 하지 않는다.

"네가 의식을 완성했다면 꽤 재미있었을 텐데."

제니엘라는 색이 화려한 기모노를 입고 있었다. 예전에, 혈천마 백무선을 유혹하기 위해 입었던 옷이지만.

백무선의 죽음 이후로도 제니엘라는 가끔씩 기모노를 입곤했다. 화려하고, 움직임이 불편하다는 것이 그 이유였다. 제니엘라는 그런 식의 불편함을 때때로 즐기곤 했다.

"실패한 덕에 아주 애매한 존재가 되어버렸구나. 되다 만 마왕…… 아니, 그만도 못한가. 아르베스보다는 강한 것 같지만 말이야."

김종현은 그 말에 피식 웃었다. 완성할 뻔한 의식에 실패했다. 그 부담으로 김종현의 육체는 언제 터질지 모르는 폭탄과 같게 되었다.

반전의 의식은 종을 완전히 뒤바꾸는 것. 성공 직전까지 갔다고 하여도 실패는 실패고, 그만한 리스크를 안게 되었다.

"앞으로는 어쩔 테냐?"

제니엘라가 침대로 다가가 앉았다. 그녀의 두 눈은 짜증 대신에 흥미를 담고 있었다.

"다시 한번 그런 의식을 펼치는 것은 불가능하겠지. 하지만 네게는 여전히 그리모어가 있고, 그리모어의 마법을 그 불완전한 몸뚱이로도 다루는 것이 가능할 거야."

"그렇습니다."

김종현은 숨김없이 대답했다. 제니엘라는 책상 위에 올라가 있는 그리모어를 보았다.

모든 흑마법사가 꿈에 그리는 마도서였지만, 제니엘라는 그것에 조금도 관심을 가지고 있지 않았다.

"애초에 너는 마왕이 되어 무엇을 하려는 셈이었지?"

"마왕다운 행동을 하려 했지요."

제니엘라의 질문에, 김종현은 주저 없이 대답했다.

"옛날이야기에 나오는 마왕들처럼요. 세상을 멸망시키려 하거나, 용사와 싸우거나."

"그런 이야기 속의 마왕은 항상 용사에게 패배하지."

"그럴 예정은 없었습니다만. 나는 많은 욕심을 부릴 생각이 없었습니다. 아. 사실을 말하자면, 나는 마왕이 돼서 정확히 뭘 할지는 깊게 생각한 적이 없었습니다. 내가 마왕이 되고자 했던 것은, 마침 내가 할 수 있는 일이었으니까."

"하지만 실패해서 실망했잖아?"

"화도 났지요. 할 수 있었는데 하지 못했던 것이니까. 나는 많은 것을 예상했지만, 설마 흑룡협이 거기서 나타날 것이라고는 예상하지 못했었습니다."

"네가 마왕이 되어서는 안 되었으니까 그런 개입이 나타난 것이겠지."

김종현의 중얼거림을 듣고서 제니엘라가 웃음을 터뜨렸다.

"운명이라는 것이겠지요. 내가 마왕이 되어서는 안 되는 운명이니까. 나는 마왕이 되지 못한 겁니다."

"운명 따위."

김종현의 대답에 제니엘라가 킬킬거리며 웃었다.

운명을 부정하는 듯한 제니엘라의 말에, 김종현은 눈썹을 살짝 찡그렸다.

혈혹의 제니엘라. 그녀는, 김종현에게 있어서는 여러 가지로 의문이 많은 인외였다.

"뱀파이어 퀸. 나는 당신에게 궁금한 것이 많습니다."

"묻고 싶은 것이 있어서 굳이 이곳을 은신처로 택했다는 것은 알아."

제니엘라는 그렇게 말하며 김종현을 응시했다.

"지금 와서 묻는 이유는 잘 모르겠지만 말이야."

"만약이라는 것이 있지 않습니까."

김종현은 그렇게 말하며 몸을 일으켰다. 몸 상태를 점검한다. 반쯤 마왕으로 반전한 몸뚱이는 이전보다 강력하다.

몇 달의 시간을 들여 이 불완전한 몸을 조율했다. 완전하지는 않아도 처음 반전에 실패했을 때만큼은 아니다.

"내가 묻는 질문이 뱀파이어 퀸, 당신에게 무례한 것이라면. 당신은 나를 죽이려 들지도 모르죠."

"그것을 걱정한다면 질문을 안 하면 되는 것 아닐까."

"나는 궁금한 것이 있으면 반드시 알아야 하는 성격이라."

김종현이 이를 드러내며 웃는다.

"지금의 몸이라면, 당신이 나를 진심으로 죽이려 하여도. 당신과 맞서는 것은 불가능하겠지만…… 도망치는 것 정도는 할 수 있을 겁니다."

"스스로를 너무 과신하는 것 아니야?"

김종현의 말에 제니엘라가 웃는 얼굴로 물었다. 그런 표정과는 다르게 그녀의 두 눈은 독사의 것처럼 싸늘하게 변해 있었다.

"어쩌면 그럴지도. 뱀파이어 퀸, 나는 이…… 프레데터라는 조직에 몸담고 있으면서 말입니다. 항상 의문을 품었어요. 당신은 괴물입니다. 내가 보는 당신은 프레데터에서 가장 강할 것이고, 인간 중 가장 강하다는 무신이나 사마련주, 검선 같은 인물과 비교해 봐도 크게 손색이 없을 겁니다."

"그래서?"

"그 정도의 힘을 가지고 있는 당신이. 대체 무엇을 바라고 있는 것인지…… 나는 참 궁금해요."

김종현은 그렇게 말하면서 큭큭 웃었다.

"당신은 수백 년 동안 살았고, 몇십 년 전을 기점으로 하여 이곳 북쪽에서 똬리를 틀었지요. 그리고 그 긴 세월 있는 듯 마는 듯 조용히 지냈습니다. 그런 당신이 움직임을 시작한 것은 비교적 최근이에요. 혈천마 백무선. 그가 당신의 침묵을 깨게 할 만큼 대단한 인물이었습니까?"

"그가 대단한 인물이었다면 지금까지 잘 살아 있겠지."

제니엘라의 기분은 아직 나빠 보이지 않았다. 하지만 김종현은 말 한 마디 한 마디를 조심해야 하는 입장임을 잊지 않았다.

어느 정도 살아남을 확신이 있어서 이 이야기를 하는 것이 었지만, 그 확신이라고 해봐야 반이 안 된다.

"뱀파이어 퀸."

김종현은 크게 숨을 삼켰다.

"당신과 드래곤들 사이에, 대체 어떤 약속이 있었던 겁니까?"

그 질문에 제니엘라의 입꼬리가 씰룩거렸다. 김종현이 보기에, 여전히 제니엘라는 크게 불쾌해 보이지는 않았다.

하지만 김종현은 보이는 것을 그대로 믿을 수가 없었다. 그녀는 언제나 변덕스럽다.

충동적이라고 할 수는 없었지만, 김종현은 제니엘라가 가지고 있는 폭넓은 변덕을 모두 다 예상할 수 있노라고 자신하지 못했다.

"드래곤이라."

제니엘라의 입이 열렸다.

그녀는 두 눈을 가늘게 뜨고서 김종현을 응시했다. 모든 것을 꿰뚫어 보는 듯한 시선.

뱀파이어에게 있어서 '시선'은 단순한 시선이 아니다.

특히, 모든 뱀파이어들의 정점에 오른 뱀파이어 퀸, 혈혹의 제니엘라에게는 더더욱.

제니엘라는 강력한 마안을 하나도 아닌 세 개나 가지고 있다. 김종현도 제니엘라가 가지고 있는 모든 마안을 파악하고 있지 못했다.

그가 알고 있는 것은 모든 것을 꿰뚫어 볼 수 있다는 직시의 마안뿐.

"넘겨짚는 것이겠지?"

"예."

제니엘라가 피식 웃으면서 질문하자, 김종현은 허세를 부리지 않고서 머리를 끄덕거렸다.

제니엘라는 드래곤과 어떠한 관계를 맺고 있다. 사실 그것에 대해서 증거라고 할 만한 것은 없었다.

"근거나 말해 보지그래?"

제니엘라는 살의를 드러내지 않았다.

하지만 김종현은 마음속으로 그런 상황이 되었을 때를 준비했다. 그러면서도 제니엘라의 질문에 대답했다.

"이 세상에서, 당신의 존재를 옭아 쥘 수 있는 존재가 그리 많다고는 생각하지 않습니다. 처음에는 신이 아닐까…… 그런 생각을 하기도 했지만. 그들은 신이라 불리면서도, 이 세상에 그리 많은 힘을 행사할 수 없는 존재입니다. 단순히 힘만을 따지고 본다면 신이라 불리는 이들은 당신보다 나약할 겁니다."

"맞아."

제니엘라가 웃으며 머리를 끄덕거렸다.

"죽일 수 있느냐는 둘째치고서. 그들의 힘은 나에게 큰 위협이 되지 못하지. 애초에 그들은 그럴 만한 위치에 서 있지도 않아."

"그렇다면 드래곤뿐이지요."

"너는 아무것도 모르면서도 영리한 척을 하는구나. 마법사답게 말이야."

제니엘라는 그렇게 비꼬며 천천히 몸을 일으켰다. 김종현은 제니엘라가 그런 움직임을 보이자, 즉시 그리모어를 향해 손을 뻗었다. 시커먼 색의 마도서가 공중으로 떠올랐다.

"너무 겁먹지는 마."

제니엘라가 말했다. 그녀는 김종현을 보며 이를 드러내며 웃었다. 새하얀 송곳니가 보이는 웃음이었다.

"너를 죽이고 싶은 마음은 없거든. 네 질문이 무례하기는 하다만, 그렇다고 듣지 못할 수준도 아니었고. 드래곤…… 드래곤이라. 죽음이 두려워 타 차원으로 이주해 버린 그 겁쟁이들이 나한테 약속을 강요할 입장이 되었으리라 생각해?"

"……그게 무슨 말입니까?"

제니엘라의 비웃음에 김종현이 흠칫 어깨를 떨었다. 어머나. 제니엘라는 노골적인 장난기를 보이며 자신의 입술을 손가락으로 두드렸다.

"괜한 말을 해버린 것일까? 볼란데르가 들었다면 굉장히 실망할 텐데 말이야."

데스나이트의 왕인 볼란데르는, 자신이 이끌고 있는 데스나이트 군단과 함께 바다를 떠돌고 있다.

어디에 있는지도 모르는 드래곤을 찾기 위해. 마지막으로 드래곤의 모습이 보였다는 바다를 떠돌고 있다.

'제니엘라는 드래곤의 행방을 알고 있다.'

저토록 강력한 힘을 가진 인외가 왜 북쪽에서 오랜 세월 동안 침묵해 온 것인지.

김종현은 그것에 대해 의문을 가지고 있었다.

자연스레 그는 제니엘라에게 어떠한 제약이 걸려 있는 것이 아닐까 생각했고, 제니엘라에게 제약을 걸고 있는 것이 드래곤일 것이라 생각하고 있었다.

하지만 제니엘라의 말을 들어보니 드래곤이 그녀에게 제약을 걸어 둔 것은 아닌 모양이었다.

그렇다면 무엇이 저 강력한 뱀파이어 퀸을 붙잡고 있는 것일까. 수백 년 동안 뚜렷한 행보를 보이지 않던 그녀가 최근 들어서 갑자기 활동을 시작한 이유가 무엇일까.

혈천마 백무선은 이유가 되지 못한다. 대부분의 이들은 백무선의 죽음 이후, 주인을 잃은 트라비아에 뱀파이어 퀸이 군림한 것이라고들 말하지만. 그것은 어처구니없는 말이다.

"죽음이 두려워 타 차원으로 이주했다…… 그 말은. 드래곤은 찾아올 종언이 두려워 이 세상에서 살아가는 것을 포기했다는 겁니까?"

"모두 도망쳤지."

"에레브리사."

김종현이 중얼거렸다. 그 말에 제니엘라의 웃음이 진해졌다.

"에레브리사의 목적은 변수의 통제, 혹은 지원. 변수라는 것은 세상의…… 이 경우에는 운명의 변수라고 해야 할 겁니다. 운명이라는 것은 필연적인 종언을 말하는 것일 테고. 나는 그 뭔지도 모를 중개 길드의 뒷배에 드래곤이 있다고 생각해 왔습니다. 그들 중개인이 사용하는 것은 드래곤이나 사용할 수 있을 공간이동과 공간간섭이었으니까요. 하지만 당신의 말이 사실이라면, 이 세상에 드래곤은 남아 있지 않겠군요."

"에레브리사를 만든 것이 드래곤인 것은 맞아."

제니엘라가 머리를 가로저으며 말했다.

"그것은 드래곤이 이 세상을 위해 남긴 거대한 마법 시스템이지."

"확실한 것은 이 세상에 더 이상 드래곤은 없다는 것. 그리고 당신은 드래곤에게 아무런 제약도 받지 않았다는 것인데…… 여전히 의문이 남아요. 수백 년 동안 움직이지 않던 당신이 왜 이제 와서 활동을 재개하는 것인지."

"때가 다가오고 있거든."

제니엘라가 고혹적인 미소를 지으며 답한다. 조금씩. 김종현은 제니엘라가 가지고 있는 어떠한 비밀에 다가가고 있다는 것을 직감했다.

"종언이 다가오고 있다는 겁니까?"

"그것은 언제나 다가오고 있었지."

"당신은 그것을 기다리고 있는 겁니까?"

"학살포식."

제니엘라가 중얼거렸다. 학살포식. 이야기로만 전해져 오는 인외의 왕. 모든 존재를 죽이고 포식한다는 괴물 중의 괴물.

김종현은 그 말에 눈썹을 찡그렸다. 김종현이 보기에, 학살포식에 가장 가까운 괴물은 다름 아닌 눈앞에 있는 제니엘라였다.

피를 마심으로써 힘을 축적하는 흡혈귀야말로 학살포식에 걸맞은 존재다. 아니면 검은 심장을 가진 이성민이나 아이네던가.

"학살포식은 인외의 상징이야. 하지만 언젠가 반드시 출현이 예정되어 있는 괴물이지."

"마치 당신은 미래를 알고 있다는 듯이 말하는군요."

"미래라는 것은 변수에 따라 많은 것이 바뀌지. 미래를 알고 있다, 라는 말을 쉽게 입에 담지 마. 그건 너무나도 오만한 말이니까."

"하지만 당신은……."

"내가 모든 것을 알고 있는 것은 아니야. 내 눈은 무수히 많은 변수가 뒤섞인 수많은 미래 중 단편만이 보이지."

그 말을 통해, 김종현은 제니엘라가 가지고 있던 마안 중 하나가 무엇인지 어렴풋이 눈치챌 수 있었다.

미래를 보는 것. 아마, 아니, 틀림없이. 그것이 제니엘라가 가진 마안 중 하나이리라.

"그렇군."

김종현은 머리를 끄덕거렸다.

"당신은 학살포식이 출현한 미래를 보았고. 학살포식을 기다리고 있었던 것이었어."

"여기까지야."

제니엘라가 머리를 가로저었다. 제니엘라는 아무것도 하지 않고 가만히 서 있기만 했다.

하지만 김종현은, 그녀와 시선을 맞댄 순간 호흡이 막히고 피가 끓어오르는 것 같은 통증을 느꼈다. 김종현은 입술을 빠득 씹으며 그리모어를 향해 손을 펼쳤다.

"너를 죽이지는 않아. 내가 본 미래. 내가 도달하고 싶은 미래에서 나는 너를 죽이지 않았었거든."

"알겠습니다."

제니엘라의 말에, 김종현은 빠르게 머리를 끄덕거렸다. 오판했다. 마왕에 가깝게 반전했고, 정면으로 맞선다면 목숨을 건지는 것 정도는 가능하다고 여겼다.

제니엘라의 말이 맞았다. 김종현은 자신의 힘을 너무나도 과시했다. 송곳니를 드러낸 저 괴물을 상대로 온전히 몸을 빼내는 것은 힘들다.

최소한 팔 하나. 그런 모험을 걸고 싶지는 않다.

"무례에 대해 사과하지요."

"그래."

김종현이 상황을 파악하고 머리를 숙이자, 제니엘라는 내비쳤던 흉악한 힘을 잠재웠다. 김종현은 머리를 숙이면서 천천히 뒤로 물러섰다.

"반전의 마법."

뒤로 물러서는 김종현은 제니엘라의 목소리를 들었다. 그녀는 더 이상 김종현에게 관심이 없다는 것처럼 창밖을 보고 있었다.

"너는 더 이상 사용할 수 없는 마법이지만. 다른 이들에게는 사용할 수 있겠지."

"충분한 제물이 있다면 말입니다."

"어떤 제물을 요구하건, 진정으로 절실하다면 이행하려는 놈들은 얼마든지 있겠지. 아마 그놈들은 네가 무엇을 요구하건 하려고 할 거야. 네 말에 충실히 말이야."

"알고 있습니다."

제니엘라와 충분히 거리가 벌려졌을 때. 김종현은 몸을 돌렸다. 제니엘라가 무엇을 말하는 것인지 김종현은 잘 알고 있었다. 그녀의 저택에서 몸을 추스르는 동안. 앞으로 무엇을 해야 할지도 어느 정도는 생각해 두었다.

'이 세상에 드래곤은 없다.'

제니엘라의 말을 통해 그것은 틀림없는 사실이 되었다. 즉. 데스나이트의 저주를 떨치기 위해 바다를 떠돌고 있는 볼란데르와 데스나이트들은, 절대로 그들이 바라는 구원을 얻을 수가 없다는 말이다.

하지만 김종현이 가진 그리모어의 마법. 그를 마왕이 될 뻔하게 만들어 준 반전의 마법이라면. 절대로 벗을 수 없는 언데드의 저주조차도 벗어나게 만드는 것이 가능하다.

즉. 드래곤이 없는 이 세상에서, 오직 김종현만이 볼란데르와 데스나이트들의 저주를 풀어낼 수 있다는 말이다.

'이것도 당신이 본 미래의 일부인가?'

그래서 죽이지 않는 것이겠지. 기왕이면 그 미래의 끝이 어떻게 되는가도 듣고 싶었다만…… 김종현은 못내 아쉬움을 삼키며 닫힌 문을 열고 밖으로 나갔다.

'죽은 줄 알았더니.'

창왕은 모닥불을 앞에 두고 앉아 귀를 후벼 팠다.

북쪽 숲에서 흑룡협과 싸운 이후, 그는 그쪽 지역을 떠나 쭉 떠돌고 있었다.

언젠가 귀창과 만나 약속했던 승부를 해야 하겠지만, 그리 서두르지는 않았다.

흑룡협은 영매를 통해 창왕 때문에 죽을 뻔하였다고 항의했지만, 그렇다고 해서 천외천 내에서 창왕의 입장은 바뀌지 않았다.

창왕은 쩝 하고 입맛을 다셨다. 그때 그 숲. 갑자기 나타난 흉악한 존재감을 가진 괴물은, 창왕과 비교해도 크게 손색이 없는 힘을 가지고 있었다.

그 괴물을 상대로 흑룡협이 도망치는 것에 성공했다면, 역시. 당시 창왕과 싸웠을 때의 흑룡협도 꽤 많은 힘을 숨기고 있다는 것이었겠지.

'싸울 상대가 많아져서 좋군.'

월후를 제하고서도.

창왕은 몸을 일으켰다. 조금 전에 영매에게서 이야기를 들었다. 암존이 죽었다는 이야기였다.

암존…… 창왕은 쯧하고 혀를 찼다. 무공 실력은 둘째치고서라도, 그리 싫은 놈은 아니었다. 무신에게 맹목적인 점은 영

마음에 들지 않았지만 말이다.

'나에게는 따로 지령이 내려오지 않았다.'

그렇다는 것은. 창왕은 발을 들어 모닥불을 지져 껐다. 처음 받았던 지령대로 움직여도 된다는 것이겠지.

암존을 죽인 것은 귀창이라고 했다. 암존의 원수를 갚겠다는 마음은 없었다. 오히려 창왕은 암존이 죽었다는 이야기를 통해 진한 흥분을 느끼고 있었다.

저주로 움직이지 못했던 권존은 둘째 치고. 암존과 검존은 멀쩡한 상태로 귀창과 싸워 죽음을 맞았다. 창왕은 히죽 웃었다.

"슬슬 가도 되겠지."

이번엔 서두를 생각이 없다. 느긋하게, 언제든지 최적의 상태로 싸울 수 있도록 하면서. 창왕은 사마련이 있는 하라스까지 갈 생각이었다. 귀창은 반드시 그곳으로 돌아올 테니까.

'어쩌면 사마련주와 싸울 수 있을지도 모르겠군.'

창왕은 마음속으로 그것을 기대했다.

"에…… 헤헤…… 에헤헤……."

로이드는 못마땅한 표정으로 주저앉은 청색 마탑주를 바라

보고 있었다. 그는 멍하니 풀린 눈동자를 끔벅거리며, 힘없이 바닥에 앉아 침을 질질 흘리고 있었다.

그런 청색 마탑주의 근처에서. 훤칠한 키의 남자가 짜증스러운 얼굴로 서랍장이며 이곳저곳을 뒤져대고 있었다.

"꼭 이렇게 거친 방법을 써야 하는 겁니까?"

로이드가 조심스레 물었다. 그 말에 마법사 길드장이 머리를 확 돌려 로이드를 보았다.

"얌전히 달라고 해서 줄 놈도 아니고. 그렇다고 기억을 뽑아내자니 돌아버릴 가능성이 너무 높다."

"이미 충분히 돌아버린 것 같은데……."

"돌지는 않았어. 기억 왜곡을 주었을 뿐이고, 시간이 지난다면 원래대로 돌아올 거다. 왜곡된 기억을 가지고서 말이야."

"대체 얼마만큼의 시간이 지나야 돌아온다는 겁니까?"

"글쎄다. 일주일이면 될 것 같은데. 그 일주일 동안은 똥오줌도 못 가리는 병신이 되어 있겠지만 말이야."

"정신을 차린다면 자신이 저런 꼴이 되었다는 것에 의심을 가질 위인인데 말입니다."

"그런 걱정은 안 해도 된다. 그것까지 상정해서 기억왜곡을 일으켰으니까. 제조한 포션을 잘못 처먹었다가 정신이 돌아버린 것으로. 그렇게 설정해 두었다."

마법사 길드장이 막힘없이 대답했다. 여전히 로이드의 표정은 좋지 않았다.

아벨. 로이드의 스승인 엔비루스의 동생이자, 마법사 길드장. 그는 로이드가 기대했던 것과는 전혀 다른 성격의 인간이었다.

스승처럼 진중하지도 않았고, 목적을 위해서라면 수단과 방법을 가리지도 않았다.

"찾았다."

아벨이 경쾌한 목소리를 냈다. 그는 서랍장 깊은 곳에 숨겨져 있던 포션 병을 꺼냈다.

"그게 그겁니까? 드래곤의……."

"순도가 떨어지기는 하지만. 지금 세상에서는 유일하다고 할 수 있는 혈청이다. 청색 마탑주가 고생이 많았어."

이성민에게서 받은 피에, 청색 마탑주가 평생을 연구해 온 연금술을 쏟아부어 정제한 혈청이다. 아벨은 그것을 내려다보며 히죽 웃었다.

그러고는 주저 없이 자신의 품 안에 넣었다.

"청색 마탑주에게 미안하다는 생각은 안 하십니까?"

"어차피 정신 차리고서는 자신이 드래곤의 피를 받았으며, 혈청으로 제조하는 것에 성공했다는 기억도 하지 못할 거다."

"아무리 그래도……."

"필요하니까 이렇게까지 하는 거다."

아벨은 그렇게 말하면서 벗어 두었던 로브를 입었다.

"너를 가르친 내 등신 같은 형님은 예의와 대의를 꽤 중요시한 모양이지만 말이야. 나는 아니야."

"크흠."

스승을 등신이라 칭하는 아벨의 말을 들으며, 로이드는 낮게 헛기침을 했다.

"가자."

아벨은 열린 창문으로 다가갔다. 처음에 이곳에 침입했을 때 그러했듯이, 이번에도 창문으로 나가려는 모양이었다.

"그래도 하라스가 이곳에서 그리 멀지 않아 다행이로군."

창틀에 발을 올리며 아벨이 웃었다.

이성민이 하라스로 돌아오기까지 얼마 남지 않은 시점에 있었던 일이다.

3장
창왕

파직.

검은 번개. 귀로 들었고, 눈으로 보았다. 백소고는 즉시 발을 뒤로 빼면서 양팔을 들어 올렸다.

꽈앙!

묵직한 일격이 백소고의 몸을 뒤흔들었다. 그녀는 이를 악물고서 뒤로 밀려나는 몸을 지탱하기 위해 힘을 주었다.

한 번으로 끝나지 않는다. 연이어 뻗어 나간 공격이 연이어 충돌했고, 백소고는 버텨 서는 것을 포기했다.

뒤로 날아오른 몸을 공중에서 비틀어 회전했다. 곧이어 허공을 발로 걷어차 앞으로 뛰어간다.

"천외천이냐?"

공격의 뒤에 목소리가 붙는다.

백소고는 아랫입술을 잘근 씹었다.

역시, 안일했나.

이곳은 사마련. 사파 제일고수라는 마황 양일천이 있는 곳이다.

사제를 만나기 위해 야음을 틈타 침입하였으나, 높다란 담벽을 넘기도 전에 간파되어 버렸다.

"너 같은 인물이 있다는 이야기는 듣지 못했다만. 하긴. 본좌가 천외천의 모두를 파악한 것도 일백 년 전의 이야기다. 그 사이에 흑룡협이라는 놈이 천외천에 머리를 넣었으니, 본좌가 모르는 다른 고수가 또 있을지도 모르는 일이기는 하지."

어둠 너머로 사마련주의 모습이 보인다. 노인의 주름 가득한 얼굴을 형상화한 우스꽝스러운 가면을 쓴 모습이었다.

그는 뒷짐을 지고 서서 천천히 하늘에서 내려왔다. 백소고는 울렁거리는 가슴을 손으로 억누르면서 사마련주를 노려보았다.

"본좌를 암살하기 위해 온 것은 아닌 듯싶고."

사마련주는 백소고를 보며 가면 너머로 웃었다.

"만약 그런 것이라면 무신이 노망에 든 것이겠지. 그렇다면…… 그래. 본좌가 아니라, 본좌의 제자를 죽이기 위해 온 것인가. 암존이 죽었으니까 말이야. 하지만 너무 오만한 것이 아닌가? 본좌가 있는 이곳에서, 본좌의 제자를 암살하는 것이

가능하리라 여긴 것이냐?"

"……뭔가 오해가 있는 듯합니다."

백소고는 사마련주를 노려보면서 그렇게 답했다. 그 말에 사마련주가 껄껄 웃었다.

"그래. 오해겠지. 본좌도 알아. 오해일지도 모르니까 이 일격으로 너를 죽이고자 하지 않았던 것이다."

"……저는 백소고라고 합니다."

백소고는 경계를 풀지 않으면서 사마련주를 향해 말했다.

그 말에 사마련주가 가면 너머에서 눈을 끔벅거렸다. 잠시 생각에 잠겨 있던 사마련주가 아, 하고 소리를 냈다.

"묵섬광 백소고. 들어 본 적이 있는 이름이로군."

"사제…… 당신의 제자를 만나기 위해 이곳에 왔습니다."

"손님이었군. 역시 죽이지 않기를 잘했어."

백소고의 말에 사마련주가 껄껄 웃으며 말했다.

그 말에 백소고의 눈썹이 꿈틀거렸다. 죽이지 않기를 잘했다니. 처음의 공격, 간신히 막는 것에는 성공했지만. 만약 거기서 추가적으로 공격이 이어졌다면 피하거나 막는 것이 힘들었을 것이다.

백소고가 무어라 항변하려 하자, 사마련주가 머리를 가로저었다.

"억울한 척하지 마라. 만약 본좌가 너를 진심으로 죽이려 하였다고 한들, 너라면 죽지 않고 도주할 방법이 있었을 테니까."

사마련주는 그렇게 말하며 백소고를 보았다. 하얗게 센 머리. 가장 먼저 보인 것은 그것이었으나, 사마련주가 본 것은 백소고의 두 눈이었다.

사마련주가 다시 웃는 소리를 냈다.

"데니르의 어여쁨을 받고 있군. 본좌도 그렇고, 본좌의 제자도 그렇다만. 똑같이 데니르의 시련을 받았는데…… 너에게는 보다 직접적인 데니르의 가호가 느껴져. 화신인가?"

"……네."

"데니르가 너를 화신으로 삼은 이유는 모르겠다만. 어찌 되었든, 화신으로서의 힘을 사용하지 않은 것은 잘했다. 만약 네가 그것을 사용했더라면, 본좌는 망설이지 않고 너를 죽였을 테니까."

사마련주는 그렇게 말하면서 몸을 돌렸다.

"얼간이 같은 제자는 아직 돌아오지 않았다. 네가 본좌의 제자를 만나기 위해 이곳에 온 것이라면, 네가 쓸 방은 주도록 하마."

"……나를 의심하지 않는 건가요?"

"제자를 만나기 위해 왔다는데 의심할 이유가 있는가?"

사마련주는 그렇게 되물으며 몸을 돌렸다.

"싫다면 거절해도 상관없다. 강요하는 것은 아니니까."

백소고는 아무 일도 없었다는 듯이 돌아가는 사마련주의 등을 응시했다. 잠시 뒤, 그녀는 사마련주의 뒤를 따랐다.

이성민은 얼굴에 쓴 가면을 양손으로 덮었다. 그러고는 천천히 호흡을 이어나갔다.

사마련주에게 받았던 귀신의 가면. 이것은 요정의 여왕, 오슬라가 만들어 준 가면이다. 이 가면은 이성민의 몸 안에 존재하는 요력과 내공을 최대한 억누르면서, 이성민이 제대로 사용하지 못했던 드래곤의 힘을 끌어내는 것을 목적으로 두고 있다.

레그로 숲에서 살았던 일 년간. 이성민은 계속해서 이 가면을 쓰고 지냈다.

'요력은 위험해.'

이성민은 그 사실을 한시도 잊은 적이 없었다. 잊을 수가 없었다. 조금이라도 해이해졌을 때마다 허주가 그를 자각시켰으니까.

지금이야 안정되었다고는 하지만, 이성민의 몸은 한 번 요괴로 변이했던 적이 있었다.

이성과 인간성이 말살되고 요성이 주가 되어 본능만이 미쳐

날뛰던 요괴가.

어르무리에서 자신의 요성을, 인외성을 제압해 육체를 되찾지 못했다면 이성민은 완전히 요괴로 변이했을 것이다.

드래곤의 하트를 먹음으로써 이성민의 심장은 드래곤의 것이 되었다. 청색 마탑주의 이론이 사실이라면, 의 이야기다. 요괴의 몸뚱이, 드래곤의 심장 그리고 인간의 정신.

요력을 과하게 사용한다면. 언제고 이 밸런스가 무너져, 기껏 억눌러 놓았던 인외성이 다시 머리를 들지도 모른다.

사마련주에게 받은 가면은 그것을 대비하는 역할도 맡고 있다. 요력과 뒤섞인 내공을 대신하여 드래곤 하트의 힘을 끌어내는 것.

요력의 사용 비중을 크게 줄임으로써 인외성이 발작하지 않는 역할을 맡는다.

'최근에는 쓰고 싶어도 쓰기가 힘들었지만.'

인피면구를 뒤집어써 온 덕분이기도 했고, 이 가면은 어느샌가 사마련주의 것과 마찬가지고 이성민의 상징이 되어 있었다. 이 가면을 쓴 상태로 사마련으로 가서 한바탕 뒤집어 놓은 덕분이었다.

그 이후로는 워낙에 눈에 띄는 물건이라 대외적으로는 쓰지 못했다. 그나마 방 안에서, 잠을 자고 있을 적에 쓰던 것이 고작이었다.

하지만 여기서부터는 괜찮다.

당가를 떠나고, 도중에 검선의 이기어검과 만남을 갖기는 했지만. 다행히 다른 일을 겪지 않고, 이성민은 쭉 하라스까지 돌아올 수가 있었다.

[언제까지 이러고 있을 셈이냐.]

허주가 충고했다. 이성민은 한숨을 쉬며 몸을 일으켰다. 모닥불이 타들어 가고 있었다.

[빨리 오라고 노골적으로 굴고 있는데. 모르는 척 무시할 셈이냐?]

"무시한다고 알아줄 상대가 아니잖아."

[창왕은 암존과는 다를 거다.]

이성민의 중얼거림에 허주가 말했다.

[암존은 요력을 끌어내지 않고도 쓰러뜨릴 수가 있었어. 하지만 창왕은 이야기가 달라. 창왕은 암존보다 몇 수 앞의 경지에 있는 고수다. 물론 이 어르신이 살아 있을 적과는 비교가 안 되는 좆밥이지만 말이다.]

"잘났다."

[어쨌든 말이야. 창왕과 싸운다면, 요력을 쓸 수밖에 없어.]

"나도 알아."

이성민은 그렇게 중얼거리면서 쓰고 있던 가면을 벗었다. 멀지 않은 곳에서 노골적인 존재감이 느껴지고 있다.

이미 한 번 느껴본 적이 있는 존재감이었다. 창왕. 이성민은 쯧 하고 혀를 찼다.

"재수도 없지. 설마 목적지에 다 와서 창왕과 맞닥뜨리게 될 줄은."

[다음을 기약한 것은 다름 아닌 네놈이었다.]

"그게 오늘일 줄은 몰랐지."

[뻔뻔함이 늘었군. 동정을 상실해서 그런가?]

"뭔 상관이냐."

[예전처럼 우울함만 가득하지 않은 것 같아서 낫기는 하다만. 그래도 귀여운 맛이 많이 사라졌어.]

"귀여웠던 적은 없는 것 같은데."

[말대꾸도 늘었고. 썩을 놈의 새끼.]

욕을 하기는 했지만, 허주는 그리 불쾌해 보이지는 않았다.

이성민은 피식 웃었다. 성격이 꽤 변했음은 이성민도 의식하고 있었다.

레그로 숲에서 보낸 일 년. 위지호연과 함께 있었고, 사마련주와 함께 있었다.

지루할 틈이 없을 정도로 다가와서 장난을 걸던 요정들도 있었다. 생각해 보면, 그곳에서 보낸 일 년 만큼 요란하고 시끄러웠던 나날이…….

찌릿.

광천마의 죽음이 떠올랐다. 모습을 감춘 루비아도. 이성민의 얼굴에서 웃음이 사라졌다. 그는 벗은 가면은 조용히 품 안에 넣어 두었다.

[너무 걱정하지는 마라.]

까다로운 놈. 허주는 내심 혀를 찼다. 강철보다 더한 정신력을 가지고 있으면서도 어떨 때는 두부처럼 무르다.

아픈 기억, 떠올리고 싶지 않은 기억. 그것에 생각이 미친 순간, 놈의 의식은 시커멓게 물들어버린다.

이성민의 의식 속에서 살아가는 허주는 이미 몇 번이고 이런 상황을 겪어보았다.

저런 류의 기억을 떠올릴 때. 절망과 분노, 살의로 가득 찬 이 의식이 얼마나 어둡고 불쾌한지. 의식의 깊은 곳에서 괴물이 이를 가는 소리가 들린다.

찍어 눌러 놓은 인외성이 내는 소리다. 너는 나와서는 안돼. 허주는 이성민의 의식 한복판에 자리 잡고서 목소리를 높였다.

[과하게 요력을 끌어낸다고 해도 이 어르신이 네 의식 한복판에 있다. 문제가 생긴다면 알아서 해결해 줄 테니까 너무 걱

정하지 않아도 된다는 말이다.]

"나도 알아."

이성민은 그렇게 말하면서 내려놓은 창을 향해 손을 뻗었다. 창이 붕 떠올라 이성민의 손에 쥐어졌다. 그는 모닥불을 발로 지져 끄며 창왕이 있는 곳을 바라보았다.

"그래서 가는 거야. 도망치지 않고서."

[말은 바로 해, 새끼야. 도망칠 자신이 없는 거겠지.]

"그것도 그래."

이성민은 쓰게 웃었다.

창왕이 고른 장소는 하라스의 성문에서 제법 거리가 있는, 널찍한 평원이었다. 주변에 휘말릴 만한 마을도 없고 떠돌이도 없다. 몸 상태도 괜찮다. 밥도 배불리 먹어 두었고, 싸우는 도중에 똥이 마려울 염려도 없다.

사실 내공으로 완벽하게 통제하고 있는 몸뚱이에 급하게 똥이 마려운 경우는 절대로 일어나지 않겠지만. 창왕은 만에 하나라도 일어날 수 있는, 자기 자신에 대한 모든 변수를 철저하게 배제해 두었다.

'어쩌면 소란으로 인해 사마련주가 나올지도 모르지.'

오히려 그것을 바라고 있기에. 창왕은 굳이 하라스에서 가까운 이곳에서 기다리고 있었다.

창왕은 등 뒤에 맨 두 자루의 단창을 손으로 쓸었다. 여태까지 살아오면서 많은 고수와 싸워보았다.

패배는 단 한 번. 동수는 한 번. 무신에게 패배했었고, 월후와 동수를 이루었다. 오늘은 어떨까. 패배? 동수? 승리? 창왕은 그 어느 쪽에도 확신을 갖지 않았다. 그러는 편이 더 기대되고 즐거우니까.

"오지 않는가 싶었다."

쉭.

이성민은 창왕과 멀리 떨어지지 않는 곳에서 떨어져 섰다. 창왕은 진한 미소를 지으며 이성민을 보았다.

"네가 찾아오는 것을 기다릴까 싶었는데, 생각해 보니 너는 내가 어디에 있는지 모르잖느냐."

"그래서 이곳까지 왔다?"

"북쪽에서는 서로가 상황이 마땅치 않아 싸움을 뒤로 미루었다. 하지만 오늘은 아닌 것 같구나. 나는 만전이다. 이 뒤에 급한 일도 없어. 너와 싸우는 것만이 볼 일의 전부다."

"여기서 내 입장을 말해 봤자 보내주지 않겠지."

"그래."

이성민의 말에 창왕이 웃으며 머리를 끄덕거렸다.

"암존을 죽였다는 이야기는 들었다. 암존은 어땠나?"

"강했지."

"죽은 자에게 예의를 따져 줄 필요는 없다. 어차피 죽은 놈. 네가 뭐라 말해도 듣고 있지 않을 테니까."

"강했다고 했다."

"너보다는 약했겠지."

이성민의 대답에 창왕이 하하 웃었다.

"그리고 나보다도 약했을 테고."

퓨풋!

창왕의 등 뒤에 매달려 있던 두 자루의 단창이 하늘로 솟구친다.

창왕은 양손을 들어 떨어지는 단창을 잡았다. 양손에 잡은 창을 가볍게 돌리며 창왕은 이성민의 갑옷과 창을 보았다.

"좋은 창이군. 그리고 좋은 갑옷이야. 암존이 어떻게 죽었을지는 짐작이 간다. 암기는 날카롭고 빠르지. 변칙적이고. 하지만 위력이 부족해. 갑옷을 뚫지 못했을 거야."

"맞아."

"내 창은 암존의 암기보다 날카롭고, 빠르며, 변칙적이고, 위력은 훨씬 강하다. 아무리 좋은 갑옷이라도 막기 힘들 테니 유념해 두어라."

"굳이 말해주는 이유가 뭐지?"

"의존하여 긴장하지 않았다가는 일격에 죽을 수도 있으니까."

창왕은 그렇게 말하면서 성큼성큼 걸었다.

"창수와의 싸움은 오랜만이다. 너처럼 뛰어난 창수와의 싸움은 더더욱 오랜만이야. 그래서 쉽게, 빠르게 끝내고 싶지 않구나. 최대한 즐겨 볼 생각이다."

싸움에 미친 괴물의 투쟁심이 공간을 뒤덮는다.

"서로를 죽이는 싸움이라기보다는 놀이라고 생각해라."

창왕이 웃음 가득한 목소리로 외쳤다.

놀이, 라고 말은 하였지만 달려드는 창왕의 기세에 놀이다운 장난기는 전혀 없었다.

그나마 표정만이 이것이 놀이라고 주장하듯이 웃음이 가득했다.

성난 소가 뿔을 세우고 달려드는 것처럼. 양손에 쥐고서 정면으로 곧게 뻗은 단창 두 자루, 그 끝에 새하얀 강기가 비눗방울처럼 맺혀 흔들렸다.

이성민은 뒤쪽에 둔 왼발을 미끄러뜨리면서 중심을 잡았다. 그러고는 잡고 있던 창을 사선으로 크게 휘둘렀다.

창왕의 접근을 막기 위해서였다.

꽈앙!

먼저 뻗은 것은 왼손의 단창이었다. 이성민이 휘두른 창과 일직선으로 쏘아낸 단창이 충돌했다.

이성민은 창을 잡은 양손이 뒤로 밀리는 것을 느끼며 이를 악물었다.

한 손으로 잡고 쏜 단창의 위력이 양손으로 잡아 휘두른 창과 비교하여 부족하지 않다.

"하하하!"

경쾌한 웃음소리와 함께 반대편 손에 쥔 단창이 쏘아졌다.

노리는 것은 가슴이다. 이성민은 주춤거린 창을 손안에서 반 바퀴 회전하여 가슴을 노리고 들어오는 단창을 거두어냈다.

부족한 힘을 대체하기 위해 창의 움직임에 더해 몸의 회전을 넣는다.

파악!

창과 함께 회전한 이성민은 창날 반대편의 창준을 휘둘러 창왕의 몸을 노렸다.

창왕이 쥔 것은 검보다 조금 긴 길이의 단창이다.

창왕의 양손이 빠르게 교차 되는 순간.

달칵!

맞물리는 소리와 함께 두 자루의 단창이 결합하여 하나의 창이 되었다.

창왕은 발을 옆으로 옮기며 결합한 창을 회전시켜 이성민의 창을 막아냈다. 그러고는 무릎을 튕겨 가볍게 뒤로 날아올랐다.

땅으로 떨어지기도 전에. 창왕은 가볍게 호흡을 삼켰다. 이성민은 한 번 뻗은 창이 수백 개의 별이 되는 것을 보았다.

멀지 않은 거리에서 별들이 폭발한다. 추락시킨 창이 수백의 유성우 되어 떨어진다.

창왕이 말한 대로였다.

그의 창은 암존의 암기보다 빠르고, 교묘했고, 날카로웠고, 무거웠다.

이성민은 발을 뒤로 끌어 거리를 벌려가며 구천무극창과 혈환신마공을 펼쳤다.

분뢰추살 뢰섬. 혈환파쇄.

콰콰쾅!

창왕의 창과 이성민의 창이 공중에서 격돌했다. 호흡할 틈이 없을 정도의 극쾌가 쉼 없이 충돌한다.

먼저 창을 거둔 것은 창왕이었다.

그는 창을 뒤로 빼고서 양발로 공중을 디뎠다.

뒤로 한 번 뺐던 창에 거대한 힘이 응집되었다.

단 한 번의 찌르기.

그러나 그 한 번의 찌르기에 실린 힘은, 이전에 그의 창이 쏘아냈던 유성우 전체와 비교해도 손색이 없을 정도였다.

구천무극창 일초, 추혼일살(追魂一殺) 뇌전(雷電).

자전이 파직거리며 하나의 거대한 번개 줄기가 되었다.

쫘아앙!

사방으로 튀어나간 강기와 자전이 대지를 깊이 할퀴었다.

창왕은 다시 한번 웃으면서 창을 머리 높이 들어 올렸다.

콰아앙!

그가 창을 내리찍자 땅이 두 개로 나뉘었다.

'몸놀림이 좋군.'

긴장한 상태가 아니라면 기척을 놓쳤을 정도로 빠르다.

이게 사마련주의 흑뢰번천인가.

창왕은 주저 없이 몸을 움직였다. 질풍신뢰로 창격에서 벗어난 이성민은, 창왕의 급습을 예견하고서 창을 허리에 붙여 힘을 모으고 있었다.

구천무극창 삼초, 복사백탐(伏蛇魄貪) 역뢰(逆雷).

파직!

자전의 빛이 번쩍거리는 순간.

창왕은 목덜미를 노리는 예리한 살의를 느꼈다.

그는 급히 허리를 뒤로 튕기며 상체를 통째로 기울였다.

빠지직!

그가 입고 있던 무복의 가슴팍이 길게 찢어졌다. 기괴한 각도로 비틀어 올라온 공격. 관절의 허용 범위를 아득하게 넘어선 공격이다.

실제로 그랬다. 복사백탐은 아래에서 위로 쳐올리는 공격.

그 한정된 움직임에 줄 수 있는 변칙은 한정되어 있다.

그래, 일반적인 몸뚱이라면 그렇겠지. 이성민은 무리한 기동으로 박살 난 관절과 근육을 무시했다.

통증을 느낄 새도 없이 그의 팔은 재생을 끝냈기 때문이다.

창왕은 멀쩡하게 움직이는 이성민의 팔을 보면서 미간을 찡그렸다.

'어쩐지 묘하다 싶더라니.'

몸뚱이가 인간의 것이 아니라는 것인가. 그것이 창왕을 더욱 즐겁게 만들었다.

그 말인즉, 쉽사리 죽지 않는다는 것. 튼튼하다는 것 아닌가.

창왕은 이를 드러내어 웃었다.

달칵!

다시 두 자루의 단창을 나누어 쥐고서 창왕이 뛰었다.

절명섬 뇌광.

번쩍하고 터진 빛무리의 속에서 확실한 살기가 쏟아진다.

창왕은 피하지 않고 절명섬을 그대로 받아냈다. 짧게 휘둘러 걷어낸 창의 움직임에 란의 무리가 그대로 담겨 있다.

이성민은 회전에 휘말린 창을 단단히 붙잡고서 발을 앞으로 디뎠다.

그것이 그대로 무영탈혼이 된다.

하나, 둘.

무영탈혼 삼식, 이보겁살 벽력.

꽈르르릉!

두 걸음으로 일으킨 벽력이 사방을 휩쓴다. 창왕은 즐거운 웃음을 터뜨렸다.

"창술만 좋은 것은 아니구나!"

창왕은 물러서지 않는다. 그는 덮쳐오는 벽력을 상대로 양손에 쥔 창을 붕붕 휘둘렀다.

손아귀에서 회전하는 창을 양팔을 움직여 사방으로 휘두른다.

꽈르르르!

두 개의 회전에 휘말린 벽력이 창왕의 창에 거두어졌다. 멈추지 않을 것만 같은 회전이 멈췄을 때. 거대한 힘을 휘감은 두 자루의 창이 동시에 이성민에게 쏘아졌다.

이성민은 물러서지 않고 연이어 초식을 펼쳤다.

구천무극창 사초, 구룡살생(九龍殺生) 겁뢰(劫雷).

꽈아앙!

이성민의 창을 가득 덮고 있던 자전이 크게 부푼다. 그것은 아홉의 용이 되었고 세상을 불태우는 거대한 번개가 되었다.

이만한 공격 간의 충돌은 공간을 뒤흔든다. 세상이 정말 무너지는 것만 같은 진동이 사방으로 퍼져 나간다.

'힘이 부족해.'

이성민은 그것을 확실하게 느꼈다. 밀린 것은 이쪽이다. 자전 가득한 강기의 벽이 뚫린다. 그를 꿰뚫고 들어 온 창왕은 상처 하나 없었고 짓고 있는 웃음에 조금의 주저도 없었다.

쐐액!

빛처럼 빠르게 쏘아낸 창이 이성민의 가슴을 노린다.

일보무흔으로 피하기에는 늦다. 질풍신뢰도 마찬가지. 사마련주 본인이라면 모를까, 이성민의 질풍신뢰는 아직 이런 급한 상황에서 펼치기에는 완전하지 못했다.

그러니 막아야 한다. 이성민은 창을 들어 올리고 호신강기를 일으켰다.

그럴 줄 알았지. 얼마나 단단한지 보도록 할까!

창왕의 두 눈이 그렇게 말하는 것만 같았다. 먼저 던진 왼손의 창. 투창이다.

꽈앙!

강기에 뒤덮인 투창이 방어를 위해 든 창을 뒤흔든다. 이성민은 창왕이 단창을 양손으로 잡는 것을 보았다. 일렁거리는 공간이 그곳에 깃든다. 초월지경의 심득이다.

이 일격으로 끝낼 생각인가? 이성민의 주변 공간이 일렁거린다. 끌어들인 공간의 비틀림이 사물을 왜곡시킨다.

직선으로 쏘아낸 창이라도 이성민의 방어에 닿는다면 창로가 왜곡되어 버리고 말 것이다.

창왕의 수준이 이성민보다 약했다면 그런 일이 벌어졌겠지만, 창왕은 이성민보다 나으면 나았지 결코 부족함이 없는 인물이었다.

공간이 찢긴다. 방어로 세운 창의 밑으로 파고 들어온 창왕의 단창은 이성민의 호신강기를 너무나도 쉽사리 찢어발겼다.

쩌어엉!

창왕의 창과 이성민의 갑옷이 닿는다. 암존의 암기도 충격 없이 막아내던 갑옷이었지만, 이성민은 자신의 몸이 뒤로 붕 날아오르는 것을 느꼈다.

내장이 불덩이에라도 닿은 것처럼 화끈거린다. 이성민은 비릿한 피의 맛을 느꼈다.

'힘 조절을 신경 써야 할 상대가 아니야……!'

암존이나 검존과는 수준이 다르다. 이성민은 목구멍에서 올라온 핏물을 삼키며 내공을 끌어올렸다.

여태까지 사용하지 않았던 내공과 요력이 이성민의 몸을 뒤덮었다. 검은색에 가까웠던 이성민의 두 눈이 환한 금색이 되었다.

뚜둑, 뚜두둑!

검은 심장이 터질 듯이 뛰는 것이 느껴진다.

요력을 끌어낸 것은 오랜만이었다. 레그로 숲에서 지내면서는 거의 요력을 사용하지 않았으니까.

그 이후로도 마찬가지였다. 암존과의 싸움에서도 쓰지 않왔던 힘이다.

하지만, 그렇게 오랜만에 끌어낸 요력은 자신이 해야 할 일은 이미 알고 있다는 듯이 기혈을 흐르며 이성민의 전신 곳곳에 힘을 보냈다.

이질감을 느낀다. 근육이 다르다. 뼈도, 몸을 흐르는 피도.

그를 느낀 것은 창왕도 마찬가지였다.

튕겨 나간 이성민을 쫓기 위해 뛰었던 창왕은, 잠깐 굳어서 이성민을 응시했다.

"……후·우·욱."

이성민은 길게 호흡을 뱉었고, 다시 삼켰다. 그의 몸을 덮은 자전의 강기는 이전보다 흉악한 살의를 풍기고 있었다.

아니, 그것만으로 창왕의 행동이 굳은 것은 아니다. 아주 잠깐이지만…… 보았고, 느꼈다.

세상 전체를 죽여 버릴 것만 같은 거대한 살의의 파동을, 수만 단위를 아득하게 넘은 존재들의 죽음을.

그것을 보았던 것은 아주 짧은 찰나였으나, 창왕은 수를 헤아릴 수 없는 죽음에 순간이나마 압도될 수밖에 없었다.

하지만 곧이어, 창왕은 이를 드러내며 웃었다. 뭔지는 모르겠지만, 저 아득한 살의와 흉폭함이 즐겁게 느껴졌다.

창왕은 고함처럼 크게 웃는 소리를 내며 다시 이성민을 향해 뛰어들었다.

[정신을 단단히 잡도록 해라.]

허주가 경고했다. 이토록 강렬하게 요력을 끌어내는 것은 일 년 만이다. 그 일 년 사이에…… 허주는 무언가가 변했음을 알았다.

본래 이성민이 가지고 있던 요력은 허주의 혼이 가지고 있던 것이다.

일 년 전까지만 하여도, 허주는 자신의 요력을 확실하게 통제하고 있었다.

하지만 지금은 어떤가. 이성민이 본격적으로 끌어낸 요력은 허주의 것이 아닌 어르무리의 요력.

그 총량은 허주의 요력과 비교해도 크게 손색이 없었는데, 일 년이라는 시간 동안 끌어내지 않았던 요력은 더욱 거대하게 부풀려져 있었다.

허주는 자신의 요력이 이성민의 요력에 집어 삼켜지는 것을 느끼며 혀를 찼다.

정신세계의 한복판에서, 허주는 어르무리에서 보았던…… 그 뭔지 모를, 거대하고도 두려운 존재를 찾아보려 했다. 하지만 그놈의 모습은 조금도 보이지 않았다.

'도대체 뭐하는 놈인지.'

제법 오랫동안 이성민과 붙어 지내기는 했지만, 허주는 이성민의 정체에 대해 도대체 가늠할 수가 없었다.

금색으로 물든 요괴의 눈이 번뜩거린다. 이성민의 양팔에 깃든 요력은 내공과 더불어서 그의 근력을 괴물의 것으로 바꾸어 놓았다.

창을 한 번 휘둘렀을 때. 땅거죽이 뒤집히고 출렁거리던 공간의 파동이 폭력이 되어 창왕을 덮쳤다.

창왕은 피하지 않았다. 그가 휘두르고 쏘아낸 두 개의 창이 공간을 찢는다.

요력을 끌어냈다고 해서 이성민이 창왕보다 유리하거나 강해진 것은 아니었다.

부족한 간격을 메웠다고 하나 창왕의 무(武)는 애초부터 이성민보다 먼 곳에 있었다.

달린다. 창왕은 하늘을 뛰었다. 그가 팔을 움직일 때마다 묵직한 힘을 가진 창이 이성민을 향해 떨어졌다.

이성민은 두 눈을 움직여 파고 들어오는 창의 움직임을 좇았고, 양손으로 잡은 창을 휘두르거나 찌르며 창을 걷어냈다.

타악!

땅으로 떨어진 창왕이 뛰어들어 온다. 교차적으로 찌른 창을 걷어내기 위해 이성민은 창을 한 바퀴 회전했다.

둔탁한 소리와 함께 창왕의 창이 뒤로 밀려난다.

어느 순간부터 창왕의 단창 두 자루는 한 자루의 장창이 되었다. 아래로 내린 창이 쉭 하고 찔러 배를 노렸다. 이성민은 발을 뒤로 밀어내며 창을 맞서 찔렀다.

쩌엉!

창두와 창두가 충돌한다. 이성민의 근육에 힘이 들어간다. 그는 그대로 창왕의 창을 밀어냈다.

힘에서 밀린다. 창왕은 빠르게 그것을 인정했다. 장창이 단창 두 자루로 나누어진다. 창왕이 양손으로 창을 나누어 쥐자, 이성민은 그 틈을 노리고 매섭게 창을 쏘아냈다.

콰콰쾅!

순식간에 펼쳐진 분뢰추살 뇌섬과 혈환신마공의 혈류추살이 창왕을 덮쳤다.

창왕의 눈에 보이는 모든 공간이 살기 가득한 창끝으로 가득 찼다.

하지만 창왕은 조금의 두려움도 느끼지 않았다. 오히려 그는 전신을 오싹하게 만드는 저 위협적인, 뚫고 나갈 틈 하나 보이지 않는 공격이 즐거웠다.

그는 양손에 쥔 창을 쉬지 않고 움직였다. 창이라는 무기가 보일 수 있는 모든 변화가 두 자루의 단창으로 펼쳐졌다. 아득할 정도로 많은 공격 중 그 무엇도 창왕의 몸을 스치지 못했다.

창왕의 힘은 요력이 폭발하고 있는 이성민의 힘보다 부족하다. 하지만 창이라는 무기를 다루는 기교 하나. 그것이 창왕과 이성민 사이에 결코 좁힐 수 없는 차이를 만들고 있었다.

강기를 연달아 쏘아내고서, 이성민은 뒤로 뛰어올랐다.

손안에서 창이 회전을 시작한다.

요력과 내공에 드래곤의 힘까지. 이성민이 쓸 수 있는 모든 힘이 창을 뒤덮었다.

구천무극창의 칠초, 관천.

흑뢰번천의 구결까지 들어간 관천의 회전은 쉼 없이 번갯불을 터뜨렸다.

"하하하!"

창왕은 강기를 모조리 찢어내고서 관천의 회전을 보며 양팔을 펼쳤다. 이번에도 그는 피할 생각은 전혀 하지 않고 있었다. 피하는 것은 재미가 없으니까.

'정면으로.'

그렇게 뚫고 들어갈 생각만 하면서.

이성민이 쥔 창은 거대한 번개가 되어 있었다. 회전은 멈추지 않는다. 흑뢰번천의 자전과 요력이 뒤섞인 거대한 힘이 창 전체를 휘감았다.

여태까지 펼쳤던 관천 중에서 지금만큼 많은 힘이 깃든 적은 없다.

비치는 주변의 모든 풍경이 관천의 거대한 힘에 휘말려 흔들린다. 뒤엉킨 공간이 왜곡을 만들어 관천을 더욱 크게 보이게 끔 만들었다.

하지만 창왕은 피하지 않는다. 양팔을 벌리고 선 그는, 어서 빨리 공격을 하라는 듯이 기다리고 있었다.

이성민은 창왕의 미치광이 같은 자신감을 이해할 수가 없었다. 그가 아무리 강하고 뛰어난 무인이라고 하더라도, 이만한 위력의 공격을 피하지도 않고 정면으로 상대하겠다니.

[나름의 자신감이 있으니까 저러는 것이겠지.]

'그건 그렇겠지만······.'

손안의 번개가 부푼다. 과하게 쏟아부은 요력은 끔찍한 위력을 만들어내지만, 그만큼 통제가 힘들다.

이성민은 한계까지 힘을 불어넣은 창을 뒤로 젖혔다. 회전은 여전히 멈추지 않는다.

창왕은 쉼 없이 번갯불을 터뜨리는 관천의 빛을 보면서 요란한 웃음을 터뜨렸다.

두 자루의 단창이 붕붕 돌기 시작했다. 회전이 너무 빨라, 창왕의 양손에 회전하는 두 개의 원반이 들려 있는 것만 같았다.

"와라!"

창왕이 고함을 질렀다. 이 이상의 힘은 통제가 불가능하다.

빠드득!

이성민은 이를 갈면서 뒤로 뻗었던 창을 앞으로 내질렀다.

한계까지 힘이 응축되었던 관천이 앞으로 쏘아졌다.

　구천무극창 칠초, 관천(貫天) 뇌격(雷擊).

　번개가 터졌다. 이 주변 일대를 둘로 찢어버리기에 충분한, 아니, 흔적도 없이 소멸시키기에 충분한 힘이 이성민의 손에서 터져나갔다.

　좋구나. 창왕은 그런 생각을 하며 회전하는 두 자루의 창을 앞으로 내밀었다.

　꽈아아앙!

　빛이 사방으로 터졌다. 별조차 뜨지 않았던 시커먼 밤이 낮으로 바뀌었다.

　창왕은 두 눈을 불태울 듯이 환한 빛 속에서 조금도 눈을 감지 않았다. 창왕의 단창은 여전히 회전하고 있었다.

　두 개의 회전이 관천의 빛을 찢어내고 밀어낸다. 창왕의 발이 뒤로 쭈욱 밀려났다.

　창을 붙들고 있는 팔의 근육이 꿈틀거린다.

　지금.

　창왕의 눈이 부릅떠졌다. 단창의 회전이 거세어졌고 빛이 조금 뒤로 밀려났다. 그 잠깐의 공백 사이에 두 자루의 단창이

한 자루로 결합 되었다.

"하!"

짧은 기합과 함께 창왕은 양손으로 잡은 창을 위로 휘둘렀다.

꽈아앙!

그 일격으로 뿜어진 창격이 관천의 빛을 주춤거리게 만들었다.

창왕은 쉬지 않았다. 그의 창은 한 번 솟구치는 것을 시작으로 하여 수십 번 움직였다. 찌르고, 휘둘러 쳐 베어낸다. 자전의 빛이 수십 조각으로 나뉘었다.

흐려진 빛 너머로 창왕의 모습이 보인다. 환한 빛무리 속에서 창을 높이 들고 있는 창왕의 모습이 거인처럼 보였다.

그의 창끝에는 자그마한 빛이 어려 있었다. 미약한 빛이었으나 그 안에 실린 힘은 결코 미약하다 할 수 없었다.

"단(斷)! 참(斬)!"

창왕의 고함과 함께 창이 떨어진다.

꽈아아앙!

떨어진 창이 대지를 둘로 나누었다. 둘로 나뉜 대지에 수십 갈래의 균열이 생기더니 다시 쪼개진다.

수백 수천의 돌조각이 위로 튀어 오른다. 지면으로 스며들어 땅거죽을 뒤집으며 솟구친 힘은 참격의 파도가 되었다.

그것으로 끝이 아니었다. 참격의 파도 너머에서 창왕이 창을 뒤로 젖힌다. 일직선으로 세운 창은 포신이 되었고, 포구가 노리는 것은 이성민이었다.

숙.

쿠웅.

창왕의 창이 쏘아졌다. 끝에 맺힌 자그마한 빛이 크게 부푼다. 그것은 아직 채 흩어지지 않은 관천의 빛을 모조리 집어삼켰고, 참격의 파도 뒤를 받쳤다. 이성민은 숨을 삼키면서 발을 앞으로 뻗었다.

무영탈혼 사식. 이보유련(二步柔漣) 비뢰(飛雷).

두 걸음이 완성되었다. 그 완성된 걸음을 중심으로 자전이 퍼져 나간다.

주변으로 일렁거리며 뻗어진 자전이 덮쳐오는 참격의 파도의 궤적을 바꾼다.

대부분의 강기공이나 마법 공격 속에서 몸을 보호할 수 있는 것이 이보유련이었으나, 창왕의 공격은 이보유련만으로 벗어나는 것이 불가능했다.

질풍신뢰의 공간도약이라면? 가능이야 하겠지. 하지만 이성민은 정면돌파를 택했다. 구천무극창에는 이럴 때에 사용하는 무공이 있었으니까.

구천무극창 육초, 공도(空道) 폭뢰(爆雷).

사라진다. 공도는 그런 초식이다. 덮쳐오는 거대한 힘을 상대로 창을 쏘아내어 작은 구멍을 만들어낸다.

그 구멍을 시작으로 하여 힘의 구성과 흐름을 무너뜨리고 거대한 구멍을 만든다.

텅 빈 길. 그래서 공도. 하지만 흑뢰번천의 구결이 깃든 공도는 더 이상 예전의 공도가 아니다.

구천무극창의 모든 초식이 흑뢰번천의 구결이 더해져 폭발적인 위력 증진을 이루었듯, 공도 역시.

"음!"

창왕의 눈이 크게 떠진다. 그는 자그마한 구멍을 보았고, 그 구멍이 확장되어가며 그 안에 자전이 깃드는 것을 보았다.

놀라운 창법이다. 자전이 끊이질 않는 것을 보면 사마련주가 창안한 무공인 것일까. 창왕은 이를 드러내어 웃었다. 이곳에서 절대로 죽을 수 없다는 바람이 강해졌다. 이곳에서 죽었다가는 사마련주와 싸워보지 못할 것 아닌가.

'하지만 설마. 후계자도 이렇게 강할 줄이야.'

쉬리리릭!

창왕의 창이 회전을 시작했다.

빠지지직!

공도를 가득 채웠던 자전이 폭발했다.

이번에도 피하지 않는다. 이성민은 창왕이 피하지 않을 것임을 알았다.

그렇기에 다른 무공을 준비한다. 공도는 그 자체만으로는 위력이 부족한 무공이다. 어디까지나 길을 뚫는 무공. 거기에 대한 연계 초식은 이미 펼치고 있다.

무영탈혼 육식. 사보광란(四步狂亂) 백뢰(白雷).

환하게 변했던 세상의 빛이 바뀐다. 노을이라도 지는 것처럼 붉은, 아니, 자색의 세상이 되었다.

창왕은 이 공간 전체가 이성민이 발하는 강기의 영향력 안으로 휩쓸렸다는 것을 알았다. 창왕은 감탄하여 웃음을 터뜨렸다. 이렇게까지 거대한 힘을 다룰 수 있을 줄이야.

단순히 강기를 발하고 내쏘는 것은 누구나 할 수 있겠지만, 공간 자체를 뒤덮어 버리다니.

이것은 초월지경의 심득을 떠나 지니고 사용하는 힘의 크기가 이미 인간의 수준을 아득하게 벗어나 있다는 증거였다.

"영약을 얼마나 처먹은 것이냐?!"

창왕이 고함을 질렀다. 저 나잇대라고는 생각할 수 없는 어마어마한 공력이다.

단순 공력의 크기만을 보자면 창왕을 압도하는 것은 물론이었고, 천외천의 정점에 있는 무신과 비교해도 손색이 없지 않나.

'하나…… 이 얼마나 잡스럽고 요악한 기운인가!'

내공이 전부가 아니다. 다른 것들이 섞였다. 아니, 오히려 섞여 있는 것은 내공 쪽이겠지.

요악한 힘이 대부분이고 그 안에 미약하게나마 내공이 섞인 꼴이라니.

요마에 가깝다고 했던가. 창왕은 암존이 천외천에 올렸던 보고를 떠올리며 납득했다.

놈은 인간이 아니다. 상처를 순식간에 치유하던 재생력도 그러거니와. 다루고 있는 거대한 힘 자체가 인간의 것이 아니다.

'하긴…… 저 나이에 이만한 힘이다. 인간의 길로는 얻는 것이 불가할 터.'

백뢰가 폭발한다. 공간 전체가 살의를 가지고 창왕을 덮쳐 온다. 하지만 여전히, 창왕은 위협을 느끼지 못했다.

공력에서 밀리고 있는 것은 사실이다. 그러나 그는 여전히 이성민보다 우위에 있었다.

그는 무신보다 약할지 모르겠으나 창이라는 무기에 있어서는 정점에 선 괴물이었다.

창왕은 양손에 쥔 창을 의식했다. 그의 정신이 곧 창이 되었다. 창이 곧 그가 되었다. 신검합일이라는 소리는 검 꽤나 쥐었다고 자부하는 검수들이 지껄이는 입에 발린 말이다.

개소리. 신검합일? 검 좀 쥐고서 이제야 검이 손에 익숙해지고, 조금 생각에 맞게 휘둘러지는 것을 두고 신검합일이라 지껄이는 것일 뿐. 물론 창왕은 검을 쥐지 않았기에, 검수들이 말하는 신검합일에 대해 제대로 알지는 못했다. 그러나, 검을 창으로 바꾼다면. 신창합일을 말한다면.

창왕 스스로 생각건대, 그 자신도 신창합일이라 자신할 수 있는 경지에 들어선 것이 오십 년도 채 되지 않았다.

"두 눈 뜨고 잘 보도록 해라."

창왕이 낮은 목소리로 말했다.

같은 창수의 길을 걷는 후배야. 덧붙이는 말에 실린 것은 오만도 조롱도 아니었다.

스스로 앞선 선배라 생각하는 확고한 자신감. 덮쳐오는 공간의 압박 속에서 창왕은 창을 높이 들었다.

"이게 신창합일(身槍合一)이다."

후우우웅!

창을 들어 올린 창왕의 모습이 흔들린다. 그가 창을 한 번 휘둘렀을 때. 수십 다발의 자전이 베어져 사라졌다.

그 후 한 번 더 창을 휘둘렀을 때.

공간에 실린 살의가 깨끗하게 지워졌다. 이성민의 살의가 천을 물들이는 알록달록한 색이라면 창왕은 그것마저 집어 삼켜 버리는 시커먼 먹물이었다.

그는 눈에 보이는 거대한 호신강기를 가지고 있지 않았지만, 그 어느 곳을 보아도 파고들 틈이 없는 절대적인 견고함을 띠고 있었다.

그의 창은 드래곤의 소재로 만든 것이 아니었음에도 이 세상 그 어떤 무기보다 날카로운 예기를 띠었다.

창왕 스스로가 곧 창이었다. 수백 년 동안 단련해 온 창.

사보광란이 허무하게 박살 났음에도 이성민은 물러서지 않았다.

[좋지 않아.]

허주가 중얼거렸다.

[저놈. 네가 예상했던 것이나, 이 어르신이 생각했던 것보다 강하다.]

'알아.'

[더 해보겠느냐?]

'아직 더 할 수 있어.'

구처무극창의 남은 두 초식은 아직 사용하지 않았다. 요력도 마찬가지. 요력이 더 진해진다. 이성민은 몸 안에서 괴물의 힘이 꿈틀거린다.

이성민은 요력을 더욱 강하게 끌어 올렸다. 이성민 본인의 내공이 요력에 삼켜졌다.

팟.

창왕의 모습이 사라졌다. 이성민은 빠르게 몸을 돌려 창을 휘둘렀다.

쩌어엉!

창과 창이 충돌했다. 힘에서는 여전히 이쪽이 앞선다. 하지만 이성민의 창이 창왕의 창을 밀어내기 전에. 창왕의 창이 나의 수법으로 역회전하여 이성민의 품 안으로 궤적을 바꾸었다.

그리고 찰.

푸확!

소리도 없었고 포착도 불가했다.

호신강기를 꿰뚫고 들어온 창이 갑옷을 두드린다. 드래곤의 소재로 만든 갑옷이 움푹 파인다.

"으득!"

핏물을 삼킨다. 갑옷은 완전히 뚫리지 않았다. 내가중수법으로 파고들어 온 내공은 반탄력으로 밀어낸다. 하지만 완전하지는 않아 내상을 입는다.

개의치 않는다. 요괴에 가깝게 변이한 몸뚱이는 그러한 상처를 순식간에 치유한다.

조금 물러서게 된 발에 힘을 주며 창을 역방향으로 튕긴다. 창대가 유연하게 뻗어지며 창왕의 몸을 노린다.

달칵.

창왕의 창이 두 자루로 나뉜다. 갑옷을 반쯤 꿰뚫은 창을 회수하지 않고 더 강하게 밀어내며, 다른 손에 쥔 창을 휘둘러 이성민의 창을 막아낸다.

그러한 방어는 예측했다. 이성민은 한쪽 손으로 창을 지탱하며 왼쪽 손을 활짝 펼쳐 창왕의 가슴으로 밀어냈다.

혈환신마공의 강기공. 창왕의 눈이 움직인다. 차갑게 식은 두 눈은 여전히 싸움에 대한 희열을 담고 있었다.

창왕의 몸이 공중에서 뒤집히며 이성민의 일장을 피한다.

노릴 곳을 잃은 일장에서 강기가 폭사해 공중을 찢는다. 창왕은 갑옷에 꽂아 넣은 단창을 발로 걷어차 더욱 깊이 쑤셨다.

"커읍!"

갑옷이 뚫린다. 창이 배를 꿰뚫고 들어 온다. 이성민은 솟구치는 핏물을 토해내며 휘청거리며 뒤로 물러섰다. 그러는 중에도 창법을 펼친다.

절명섬 뇌광. 빛보다 빠른 창이 쏘아졌으나 창왕이 보기에는 느렸다.

창왕이 이성민의 배에 박혀 있는 단창을 향해 손을 내민다. 그러자 박힌 창이 팽그르르 회전했다.

"끄르륵!"

엄청난 통증이었다. 내장이 창의 회전에 말려 찢겨 나간다. 회전하는 창이 이성민의 배에서 뽑혔다.

휘말린 내장이 창과 함께 뽑히고 피가 뿜어졌다.

"버티는군."

절명섬은 끝까지 뻗어지지 못했다. 이성민은 연신 피를 토하면서 주춤거리며 뒤로 물러섰다.

그는 거친 숨을 몰아쉬면서 떨리는 손으로 배의 상처를 붙잡았다. 상처가 치유되고 있었다.

산산이 조각난 내장도, 뚫린 구멍도. 뻥 뚫린 상처가 메워지는 것을 손으로 어루만지며, 이성민은 자신의 몸이 정말로 괴물의 것이 되었다는 것을 다시금 자각했다.

"그것조차 재생하는군."

창왕이 즐거운 목소리로 중얼거린다.

이성민은 숨을 몰아쉬면서 퉤 피를 뱉었다.

더.

이성민은 창을 꽉 쥐었다. 아직 구천무극창에는 두 개의 초식이 더 있다. 거의 사용은 하지 않았던 초식들이.

"아직 숨겨둔 수가 있겠지."

창왕은 그렇게 말하면서 성큼성큼 걸었다.

"어디 한 번 꺼내 보아라. 얼마나 뛰어나길래 꼭꼭 숨겨 두었나 보도록 하마."

"……후우우우."

이성민은 호흡을 길게 내쉬었다. 창왕이 재촉하기 전에. 이미 그는 구천무극창의 팔초를 준비하고 있었다.

움직이는 창은 느리다. 그 느린 움직임에 잔영이 뒤따른다. 창을 움직이는 몸동작 전체가 늘어진다.

창왕은 두근거리는 기대감을 갖고서 이성민이 창을 움직이는 것을 보았다.

쾌…… 아니다. 뭐지? 창을 천천히 휘젓는 모습. 창왕은 오싹하는 소름을 느꼈다. 창을 움직이는 이성민의 두 눈이 스산한 빛을 흘린다. 요력이 뒤섞인 존재감이 흉측한 괴물의 얼굴을 그리고 있었다.

이성민이 여태까지 구천무극창을 관천 이상으로 사용하지 않았던 것에는 이유가 있었다.

그 이상부터는 초월지경의 심득 없이는 사용할 수가 없다. 흉내는 낼 수 있겠지만 진정한 위력을 선보일 수는 없었다. 하지만 지금은 다르다. 지금은 사용할 수 있다.

구천무극창 팔초, 환계(幻界).

느리게 이어지던 동작의 너머로 창이 쏘아졌다.

창이 앞으로.
앞으로.

앞으로……?

창왕의 두 눈이 부릅떠졌다. 그는 다가오는 창의 모습을 보려 했으나, 이성민이 출수한 창은 조금 앞으로 나아갔다가 안개가 되어 흩어졌다.

한때는 창이었던, 흔들리는 안개가 사방으로 흩어진다.

창왕은 지금 대체 무슨 일이 일어나기 시작한 것인지 알 수가 없어서 섣부른 행동을 하지는 않았다. 그는 한 발 뒤로 물러섰다.

흩어진 안개가 덮쳐온다. 창왕의 손에서 창이 빙글 회전했다.

진정한 의미의 신창합일을 완성한 그에게 있어서, 창은 무기이기 전에 신체의 연장이었고 창왕 자신이었다.

생각하는 대로. 의식과 무의식을 자유자재로 넘나들며 창이 움직인다.

파바박!

창왕을 덮쳐오던 안개 무리 전체가 창왕의 창에 갈기갈기 찢겼다.

하지만 안개에 형체는 없다. 창왕은 흐늘거리며 물러가는 안개 무리를 보다가 흠칫 놀랐다. 급히 이성민이 있던 곳을 돌아보지만, 그곳에 이성민은 없었다.

'오호라.'

창왕은 이성민이 펼친 무공이 어떤 것인지 깨달았다. 환술(幻術). 눈을 현혹하는 것은 환술의 기본이라고 할 수 있을 테지만.

이성민이 펼친 무공은 이미 환술의 영역을 아득하게 벗어났다. 저토록 명확한 살의를 담아낸 것을 어찌 환술이라고 딱 잘라 말할 수 있겠나.

창왕의 생각대로. 이성민이 펼친 구천무극창의 팔초, 환계는 극환(極幻)의 무리를 담고 있는 무공이다. 이전의 이성민이라면 제대로 펼칠 수도 없었던 무공이지만, 지금은 아니다.

이 무공에는 어마어마한 공력이 필요하다. 지금의 이성민은 창왕을 경악하게 만들 정도로 막대한 공력의 소유자였다. 그뿐인가. 사마련주의 손길이 닿은 환계는 이전의 환계와 비교하여 완전히 다른 무공이 되었다. 이성민도 이러한 환계를 실전에서 쓰는 것은 이번이 처음이었다.

공간을 강렬히 왜곡시키는 안개는 요력이 듬뿍 가미된 강기가 만들어낸 죽음의 안개다.

그 안을 미끄러지듯이 움직이는 이성민의 창은 눈으로 포착하는 것도, 기감으로 감지하는 것도 불가했다. 창왕 수준의 고수라 하여도 결과는 달라지지 않았다.

'잡스러운 기운이 가득 차 있군.'

이성민이 지니고 있는 요력 때문이었다. 사방을 뒤덮은 강기의 안개는 요력을 가득 담았고, 그것은 창왕의 예리한 기감으로도 이성민의 본체를 잡기 어렵게 만들었다.

그리고 아직 환계는 끝나지 않았다. 이것은 창술이되 창술의 영역을 초월한 무공이다.

스슥.

스스스슥.

창왕은 귀를 기울였다. 안개가 흐르고 있다. 귀를 기울여 소리를 듣는다. 소리를 쫓아서는 안 된다.

창왕은 그 사실을 잘 알고 있었다.

귀창 정도의 고수라면 몸을 움직이는데 저런 불필요한 소리가 날 리가 없다.

'현혹시키려 하는군.'

창왕은 주변을 둘러 보았다. 어느새 사방에 안개가 가득 차 있었다. 창왕이 이를 드러내며 웃었다.

'창으로 일으켰으되 창술의 영역을 뛰어넘은 무공이다. 공간 자체를 장악할 정도의 공력도 대단하지만, 그만한 공력을 쏟아냈음에도 여유가 있다는 것이 더욱 대단하구나. 불리한 싸움임을 알았기에 너 자신에게 절대적으로 유리한 공간을 만든 것이고. 그래, 이것은 그런 무공인가.'

환술이라면 겪어 본 적이 있다. 무신 또한 환술에는 일가견이 있는 인물이었고, 한때 창왕은 무신에게 도전하여 그의 환술을 상대로 된통 고생을 한 적이 있었다. 그런 기억 덕분에 환술을 상대하는 것은 그리 유쾌하지는 않았으나, 그렇다고 껄끄럽게 대할 생각은 없었다.

환술을 깨는 방법. 창왕이 아는 방법은 하나뿐이었다. 더 강한 힘으로 정면에서 깨부수는 것. 그를 떠올리고서 창왕은 즉시 행동에 나섰다.

꽈아앙!

그가 휘두른 창이 안개 가득한 공간을 뒤흔들었다.

스스슥.

스스스스슥.

지면을 스치는 소리는 멈추지 않는다. 창왕이 다시 한번 창을 휘두르려 할 때. 귀에 거슬리던 그런 소리가 우뚝 멈추었다. 그리고.

푸확!

공간 한쪽이 터져나가면서 창이 파고 들어왔다. 창왕은 기다렸다는 듯이 자세를 비틀어 돌리며 창을 휘둘렀다. 하지만 이번에도 충돌의 순간에 창이 안개가 되어 흩어졌다.

'음!'

창왕은 본능적인 위협을 감지하여 상체를 옆으로 휙 비틀었다.

피슛!

찌른 창이 창왕의 옆구리를 스치고 지나간다. 그것이 시작이었다. 사방의 안개가 다시 한번 덮쳐온다.

안개 모두가 수십의 창격이 되어 창왕을 덮친다. 제대로 방어하지 않았다가는 수십 번 창에 꿰뚫려 갈기갈기 찢겨 나갈 것이다.

그 오싹한 죽음의 이미지를 그리며 창왕은 이번에도 웃었다.

"으하하하!"

커다란 웃음과 함께 창왕이 창을 붕붕 돌린다.

콰드드득!

덮쳐오던 안개가 창왕의 창이 만들어낸 회전에 휘말린다. 환계는 아직 끝나지 않았다. 안개 너머에서 끝없이 이동하던 이성민의 손안에서 '진짜' 창이 폭사했다.

"거기냐!"

창왕이 고함을 질렀다. 그는 가득 힘을 불어넣은 창을 찔렀다. 안개가 그 기세를 침범하지 못하고 뒤로 물러선다. 이성민의 창과 창왕의 창이 격돌했다.

창왕은 안개 너머에서 보이는 이성민의 두 눈을 보았다. 환한 금색으로 물든 그 눈을.

창끝이 흔들린다.

"헛!"

창왕이 숨을 삼켰다. 일순간이나마 그는 자신의 두 발이 딛고 있던 지면이 푹 꺼지는 것 같은 기분을 느꼈다.

그 갑작스러운 감각은 창왕 정도의 고수도 잠깐이나마 당황하게 하기에 충분했다.

아주 잠깐의 틈. 그 틈을 기다렸다는 듯이 이성민의 창이 움직인다.

푸확!

근접거리에서 쏘아진 창이 창왕의 가슴을 노렸다. 하지만 창왕은 노련했다.

그는 즉시 들고 있던 창을 둘로 나누었고, 휘청거리는 몸을 그대로 뒤로 누워 이성민의 창과 거리를 벌렸다.

따악!

창왕이 휘두른 단창과 이성민의 창이 부딪혔다. 창왕은 섬세한 동작이 불가능할 것 같은 자세에서도 멈추지 않고 공격을 거듭해서 시도했다.

하지만 이번에도 창끝을 본 순간.

창왕은 이성민과의 거리가 길게 늘어났다고 인식했다.

환술인가? 아니면 보법? 짧은 틈에 무수히 많은 가능성이 창왕의 머리를 스쳤다.

하지만 그는 개의치 않고 창을 쏘았다. 멀어지던 이성민의 몸이 확 다가온다. 거리감을 어지럽혔던 것은 환술. 그렇다면 이건?

푸욱!

창왕의 창에 이성민의 몸이 관통되었다.

하지만 창왕의 손은 '꿰뚫었다'라는 느낌을 받지 못했다. 피도 튀기지 않는다.

환술이다. 그를 알았을 때. 이성민의 몸이 안개가 되어 무너졌다. 무너진 안개는 안개만으로 그치지 않았다. 그것은 다시 창격이 되었고, 이번에는 창왕이라도 완전하게 방어하거나 피하는 것이 불가능했다.

"크읍!"

파바바박!

급하게 창을 휘저어 창격을 흩뜨렸으나. 완전히 흩어내지 못한 창격이 창왕의 몸을 연이어 스쳐 지나갔다.

그런 상황에서도 최소한의 상처만으로 끝낸 것이 창왕의 최선이었다.

창왕은 전신에서 올라오는 욱신거리는 통증에 희열을 느꼈다. 싸움 중에 상처를 입은 것이 얼마 만이던가. 전신에 퍼진 얇은 상처에서 핏물이 쏟아졌고 창왕은 큰 소리로 웃었다.

"좋구나!"

이성민은 아찔한 두통을 느끼고 있었다.

환계는 초고도의 환술과 체술을 결합시킨 것이다. 창의 움직임은 계속해서 환계의 움직임을 따라야 하고, 다른 초식을 펼치는 것은 불가하다.

창을 움직여 환술을 이어나가지 않는 한 환계는 깨져 버린다.

그만큼 위력적인 무공이었으나, 환계에는 많은 단점이 존재했다. 지속력이 부족하다. 이성민의 어마어마한 공력으로도 환계를 오래 지속시키는 것은 불가능하다.

이미 내공은 바닥이 드러났고, 요력만으로 환계를 지속해 나가는 것이 현실이었다.

"후우, 후욱⋯⋯."

이성민은 거친 숨을 몰아쉬며 창왕을 노려보았다. 피투성이로 웃는 창왕은 도저히 쓰러질 것 같지가 않았다. 이렇게까지 오래 환계를 지속한 것은 처음이다.

[물러서는 것이 어떠냐.]

허주가 충고했다.

[너는 지금 요력만을 쓰고 있어. 이 어르신이 네 정신세계에서 버티고는 있다만⋯⋯ 지금은 꽤 위험한 상황이다. 저놈을 쓰러뜨리려면 앞으로도 한참을 더 싸워야 할 텐데, 어쩌면 그 전투 도중에 요력이 폭주하여 네 의식을 집어삼키려 할지도 몰라.]

'알아.'

[안다면 물러서라.]

'보내주지 않을 것 같은데.'

이성민은 욱신거리는 두통을 억누르고서 창왕을 보았다.

그는 상처를 돌보지 않고 미친 듯이 창을 휘두르고 있었다.

그의 창이 거듭해 움직일 때마다 거대한 힘이 부풀어 올랐다. 이성민은 빠득 이를 갈며 창을 머리 위로 들어 올렸다.

쿠르르릉!

안개 속에서 자전이 끓는다. 구천무극창의 환계. 거기에 흑뢰번천의 구결이 깃든다.

단전에서 부글거리며 끓던 요력이 전신으로 퍼져나간다. 이성민의 창을 번쩍거리는 빛이 휘감았다.

구천무극창 팔초, 환계(幻界) 만뢰(萬雷).

공간을 뒤덮고 있던 안개가 모조리 뇌운이 되었다.

쿠르르릉!

벽력이 울리는 커다란 소리에 창왕은 즐거운 긴장을 느끼며 창을 휘둘렀다.

꽈아아앙!

뇌운이 일시에 폭발하며 연속된 자전이 창왕을 덮쳤다. 창왕은 웃음 섞인 고함을 터뜨리며 창을 휘둘렀다.

창왕의 창이 번개를 갈랐다.

'엇.'

번개가 사라졌다. 그 커다란 벽력 소리와 덮쳐오는 번개의 위협은 거짓이었다. 환술! 창왕은 급히 쏘아낸 내공을 회수했다.

하지만 늦었다. 사방을 밝혔던 빛이 사라지고, 일순간 세상이 시커먼 밤이 되었다. 그리고 다시. 기다란 자색의 번개가 어둠을 둘로 나누었다.

"크륵!"

창왕은 급히 회수한 내공과 창을 휘둘러 자전을 막아냈다. 환계의 환술 세계에서 만뢰 역시 눈속임일 뿐. 진짜는 만뢰 속에 숨겨진 하나의 창격.

자전을 가득 휘감은 그것은 하늘을 가르는 번개 이상의 위력을 가지고 있다. 창왕은 목구멍 너머에서 솟구치는 핏물을 삼키며 창을 끝까지 찔러 넣었다.

찌직, 찌지지직!

번개가 찢겨 나간다. 이성민은 밀어내는 창에 전력을 불어 넣었다.

두근!

심장이 크게 뛰었다. 기혈이 꿈틀거린다. 단전에서 고약한 느낌이 들었다. 요력이 부풀어 오른다.

머릿속에서 허주가 무어라 고함을 질렀다.

이성민은 끔찍한 예감에 아랫입술을 씹었다. 하도 씹어 짓이겨진 입술에서 피가 주륵 흘렀다.

거듭해서 과하게 요력을 사용한 대가가 밀려오고 있었다.

인간의 몸이었다면 박살 났겠지만, 요괴로 변이한 몸뚱이는 박살 나지는 않는다.

다만 의식이 흐려지고 귓가에 알 수 없는 귀곡성이 뒤섞여 듣기 싫은 소음이 되었다.

팟.

환계가 끝났다. 사방을 뒤덮은 안개가 언제부터 그랬냐는 듯이 깨끗하게 사라진다. 창왕은 창을 끝까지 찌르는 것에 성공했다.

번개가 흩어진다. 창왕은 머뭇거리지 않고 이성민을 향해 몸을 날렸다. 거친 숨을 몰아쉬고 있는 이성민은 창왕의 접근을 느끼고서 급히 창을 들어 올렸다.

꽈아앙!

공중으로 뛰어오른 창왕이 휘두른 창이 이성민의 창과 충돌했다. 이성민은 충격을 온전히 흘려내지 못하고 피를 토하며 뒤로 물러섰다.

"하앗!"

기합 소리와 함께 창왕의 창이 폭사했다. 이성민은 흐려지는 의식의 끈을 붙잡았다. 하지만 그런 몸을 가지고서 창왕의 창에 맞서는 것은 불가능했다.

콰드득!

휘두른 창이 이성민의 옆구리를 때린다. 갑옷을 파고들어

온 충격이 늑골을 부러트리고 내장을 터뜨렸다. 힘없이 날아
간 이성민의 몸이 멀찍이서 떨어져 땅을 뒹굴었다.

"⋯⋯뭐냐."

창왕은 휘두른 창을 천천히 내리면서 미간을 찡그렸다. 그
는 고개를 돌려 퉤, 하고 피가 섞인 침을 뱉었다.

"지친 거냐?"

창왕은 창을 붕붕 돌리면서 이성민을 향해 다가갔다. 이렇
게 제대로 싸워보는 것은 오랜만이다.

전신이 긴장과 열기로 뜨거웠다. 그런데 뭐냐. 조금 더 즐기
고 싶고 싸우고 싶은데.

"일어서라."

창왕은 비틀거리며 일어서려 하는 이성민을 향해 재촉했다.
하지만 이성민은 끝까지 일어서지 못했다.

일어서던 중에 다리에 힘이 풀려 그대로 주저앉아 버린다.
그러자 창왕이 얼굴을 일그러뜨렸다.

"일어서란 말이다!"

'누가 일어나기 싫어서 이러는 줄 아나⋯⋯!'

이성민은 노이즈 너머에서 창왕의 고함을 들었다. 결국 이
성민은 일어서지 못하고 다시 힘이 풀려 주저앉아 버렸다. 그
것을 보며 창왕이 성난 표정을 지으며 발을 들어 땅을 내리찍
었다.

"똥 싸다가 끊긴 기분이란 말이다!"

지저분하기 짝이 없는 비유였지만, 창왕의 기분은 그 말 그대로였다.

"그러니까 얼른 일어서!"

창왕이 고래고래 고함을 지르며 재촉했고, 이성민은 이를 악물며 일어섰다.

몸에는 별다른 데미지가 없었으나, 요력의 폭주는 그의 몸뚱이를 생각처럼 움직이지 못하게 만들고 있었다.

다리가 후들거리며 떨리고 근육이 욱신거린다. 창왕은 제대로 일어서지 못하는 이성민을 보며 눈썹을 찡그렸다.

"대체 뭐냐?"

싸움으로 지친 것이 아니다. 창왕은 그 사실을 어렴풋이 눈치채고서 이성민에게 다가갔다.

이성민은 다가오는 창왕을 노려보며 어떻게든 창을 들려고 했으나, 평소에 거의 무게를 느끼지 않았던 창마저 지금 이 순간은 너무 무거워서 들 수가 없었다.

창왕은 부들거리며 떨리는 이성민의 창끝을 보며 눈썹을 찡그렸다.

"몸도 제대로 못 가누잖아. 배에 바람구멍을 내놓아도 재생하던 놈이……."

"……허억…… 헉……."

정신이 아찔했다. 이성민은 흐려지는 시야를 붙잡고서 굽혀지는 허리에 힘을 주어 일으켰다. 창왕은 다가오지 말라 위협하듯 세운 창을 보며 뒤통수를 긁적거렸다.

"이거야 원."

잔뜩 열이 올라 내뱉은 말 대로였다.

똥을 싸고 제대로 안 닦은 기분이었다. 아니면 싸다가 만 기분이거나.

어느 쪽이든 지저분한 비유였지만, 창왕의 기분은 그 비유가 딱 맞았다. 흥이 올라 더 놀아볼 수 있으리라 잔뜩 기대했는데 설마 이렇게 찝찝하게 끝날 줄이야.

창왕은 더 이상 다가가지 않고 멈춰 섰다. 귀창은 작게 혀를 차며 몸을 떠는 이성민을 보았다.

"어쩐지. 그 환술 속에서, 마지막에 터져 나왔던 번개. 이상할 정도로 갑자기 힘이 쭉 빠진다 싶었다."

"후욱…… 흑……."

"나와의 싸움으로 내상을 입은 것 같지는 않고. 이거 참…… 찝찝한 결말이로군."

아쉽다. 아쉬움이 너무 크다. 거듭된 환술 속에서 터져 나왔던 그 번개가 도중에 힘이 빠지지 않았더라면? 그것을 쏘아내고 나서도 여유가 남아 더 싸움을 이어나갔더라면 어떻게 되었을까. 창왕은 밤하늘을 보면서 탄식을 흘렸다.

이 싸움의 승자는 창왕이었다. 그는 두 발로 멀쩡히 서 있었고, 이성민은 몸조차 제대로 가누지 못하고 있었다. 그것으로 싸움은 끝났다고 봐야 한다.

"최근 백 년 동안. 나에게서 피를 흘리게 만든 것은 네가 처음이다."

창왕이 중얼거렸다.

"똑같이 창을 쓰는 무인 중에서도 나에게 피를 흘리게 한 것 역시 네가 처음이고. 또한…… 이 창왕이. 죽이고자 싸웠고, 승리하였으나 확실히 죽여 놓겠다는 기분이 들지 않게 하는 것도 네가 처음이구나."

"……무슨, 말이냐……?"

"너를 죽이지는 않으마."

밤하늘을 올려 보던 창왕이 고개를 내려 이성민을 보았다.

"네 처분에 대해서는 내 마음이 내키는 대로 하라고. 무신은 애초에 나에게 그렇게 명했었다. 하지만 앞으로도 어떨지는 솔직히 모르겠구나. 암존은 무신에게 맹목적으로 충성을 바쳐왔던 인물이고, 그런 암존은 너에게 죽음을 맞았지. 무신이 암존의 복수를 이행하려는 마음을 가지고 있을지는 모르겠다만…… 어쩌면 다음에, 무신은 너의 말살을 지령으로 내릴지도 모른다. 하지만 지금은 아니야."

"……나를, 죽이지 않을 건가?"

"뒤로 미루마. 너와의 싸움은 즐거웠다. 네가 이렇게 힘이 빠지지만 않았더라면 더 즐거웠을 거야. 그리고……"

창왕은 눈썹을 찡그렸다.

"내가 싸우고 죽이고 싶다고 여긴 것은, 창을 써서 '귀창'이라는 별호를 가진 무인이었다. 다른 괴물이 아니라."

창왕은 이성민의 두 눈을 들여 보았다. 그가 보고 있는 것은 이성민이 아닌, 언제 미쳐 날뛸지 모르는 흉악한 인외성이었다. 창왕은 쩝 하고 입맛을 다셨다.

'저놈과 싸우는 것도 재미있을 듯싶지만.'

창수와의 싸움으로 달구어진 몸을 잡스러운 괴물과 싸우는 것으로 달래고 싶지는 않았다. 창왕은 아쉬움을 떨쳐내고서 휙 하고 몸을 돌렸다.

"네 몸 상태. 꽤 위험해 보인다만, 나는 네 적이다. 네가 창수로서 마음에 드는 것은 사실이다만, 그렇다고 네 몸을 돌보아주는 은혜를 베풀고 싶지는 않군. 다음에 다시 싸우게 되었을 때에 주저 없이 살초를 펼치기 위해서라도."

창왕은 그 말을 남기고서 휙 하고 몸을 날렸다. 경공을 펼친 창왕은 금세 어둠 너머로 사라졌다.

이성민은 창왕이 완전히 멀어지는 것을 보다가, 다리에 힘이 풀려 그대로 주저앉아 버렸다. 이성민은 욱신거리는 두통에 이를 꽉 씹으며 머리를 부여잡았다.

[정신 꽉 잡아라.]

허주가 경고했다. 그는 이성민의 의식 세계 한복판에서 자리 잡고서 들끓는 어둠을 진정시키고 있었다.

너무 큰 요력을 사용했다. 이성민이 품고 있는 요력은 어르무리 전체에서 끌어온 요력의 일부였고 수백 년 전에 남쪽의 악몽이라 불리던 끔찍스런 힘을 가진 대요괴, 허주의 요력이다.

아무리 이성민의 몸이 요괴에 가깝게 변이했고, 검은 심장과 드래곤의 힘을 가지고 있다고 해도.

이 거대한 요력은 남용하였다가는 이성민의 몸을 빼앗아가는 탐욕스런 짐승의 힘이었다.

"안 맞는 옷이로군."

투덜거리는 소리가 났다. 알고 있는 목소리였다. 숨을 몰아쉬며 정신을 집중하고 있던 이성민은, 그 목소리에 놀라 머리를 들었다.

파직.

전류가 튀었다. 시커먼 전류 속에서 몸을 일으킨 사마련주가 이성민을 보며 가면 너머에서 눈을 찡그렸다.

"아니면 너무 잘 맞아서 탈인가?"

"……스승님."

"말하지 마라."

사마련주가 말했다. 그는 성큼성큼 이성민에게 다가왔다.

뒷짐을 지고 있던 사마련주의 손이 움직인다.

파바바박!

보이지도 않는 빠른 점혈법이 이성민의 몸을 두드렸다. 순서대로 혈도를 짚어나가자 이성민의 몸이 뻣뻣하게 굳었다.

사마련주는 이성민이 움직이지 못하도록 몸을 완전히 제압한 뒤에 이성민의 몸을 눕히고, 그의 품을 뒤졌다.

"본좌가 경고했을 텐데. 환계는 네가 가진 힘과 궁합이 너무 잘 맞는다. 그러니 남용하지 말고 오래 끌지 말라고 말했었을 것이다."

"……알고는 있었습니다만. 상대가 상대이지 않습니까."

"하긴. 창왕을 상대로 이 정도까지 버티고 싸움을 이어나갔던 것만은 대단하다고 인정해 주마. 결국 패배한 것은 네 쪽이었지만 말이다."

사마련주가 이성민의 품 안에서 꺼낸 것은 귀신의 가면이었다. 그는 그것을 이성민의 얼굴에 씌우고서 자신의 공력을 끌어 올렸다.

사마련주의 양손이 새카만 빛으로 물들었다.

쿠웅!

양손이 이성민의 가슴을 누르자, 점혈로 경직되어 있던 이성민의 몸이 부르르 떨렸다.

"요력은 환술과 궁합이 잘 맞는다. 워낙에 요악스러운 힘이라 상대를 현혹시켜 어지럽히고 감각을 뒤엉키게 만드는 환술과 딱 맞지."

사마련주는 이성민이 막대한 요력을 가지고 있다는 것을 알았다. 그렇기에 그는 구천무극창에 흑뢰번천의 구결을 추가해 나가는 과정에서, 그중 팔초인 환계에 특히나 많은 공을 들였다.

본래 환계는 창왕과의 싸움에서 펼쳤던 것만큼 공간적인 환술 결계를 만들어내는 무공은 아니었다.

창법에 작은 환의 묘리를 넣어 일촉즉발의 전투 상황에 상대를 현혹시키던 창법이다.

"너니까 이런 무공을 펼칠 수 있었던 것이지만…… 너무 과했군. 일이 잘못되어 폭주가 더 심했다가는, 네 이성이 파묻히고 너는 괴물이 되었을 것이다."

"……보고 계셨습니까?"

"이곳에서 멀지 않은 곳이 하라스고, 하라스에는 사마련이 있다. 본좌가 있단 말이지. 이만큼 요란하게 싸움을 벌이는데 본좌가 알아차리지 못할 것이라 여겼느냐."

"보고 계셨다면 진즉에 도와주지 그러셨습니까."

"뻔뻔한 새끼로구나. 본좌의 싸움도 아닌데 왜 본좌가 나서야 한다는 말이냐. 이 마황 양일천의 제자 되는 놈이라면 이 정도의 위협과 싸움 따위는 스스로 극복해야 한다."

"그러다가 제가 죽었다면 어쩌시려고 했습니까?"

"그렇다면 본좌가 창왕을 죽였겠지. 복수 정도는 해줄 생각이었으니 너무 서운해하지 마라."

"복수 말고 그냥 안 죽게 했으면 되는 것 아닙니까?"

"네가 도와달라고 질질 짜며 소리를 질렀다면 도와주러 나섰을지도 모르지. 그건 보기 꽤 재미있었을 테니 말이다."

사마련주가 껄껄 웃으며 말했다.

그 말에 이성민은 한숨을 푹 내쉬었다. 요력을 억누르는 가면을 쓰고, 사마련주가 기혈을 붙들고서 내공을 불어넣고 있는 덕에 두통은 점차 가라앉아 가고 있었다.

"……암존은 죽였습니다."

"안다. 당가에서도 꽤 요란한 일을 벌였으니까. 좀 조용히 싸울 수는 없었던 거냐?"

"암존은 고수였습니다. 그런 인물을 상대로 조용히 싸우는 것이 쉬운 일입니까?"

"본좌라면 그렇게 할 수 있었다."

"나는 스승님이 아니잖습니까."

"그렇지. 무능한 놈아."

사마련주는 그렇게 투덜거리며 숙였던 몸을 일으켰다. 그러면서 다시 손을 움직여 제압했던 이성민의 혈도를 풀었다.

"당분간은 내공을 끌어내는 것을 자제하도록 해라. 가면은 항상 쓰고 있도록 하고. 한 번 이렇게 폭주하였으니, 이전보다 더 주의해야 할 것이야."

"알겠습니다."

이성민은 몸을 일으켜 앉으며 머리를 끄덕거렸다. 그러다가 생각나는 것이 있어서 사마련주에게 말했다.

"검선과 만났습니다."

"용케 살아 돌아왔군."

"……그는 저를 죽일 생각이 없는 듯했습니다. 스승님이 알려주신 대로 반격하지도 않았고."

이성민은 검선의 이기어검에 대해 말했다. 그러자 사마련주가 피식 웃으며 머리를 끄덕거렸다.

"놈도 백 년이 넘는 세월 동안 도만 닦은 것은 아닌 모양이군."

"왜 검선이 저를 죽이지 않은 것일까요?"

"놈이 무슨 생각을 하고 있는지 본좌가 어찌 알겠느냐. 그래도 뭐. 놈이 너를 죽이지 않았다는 것은, 너를 죽일만한 이유가 없다는 것이겠지. 검선은 무당에서 긴 세월 은거하고 있지만, 그렇다고 해서 두 눈과 귀를 닫고 있는 것은 아니다."

사마련주는 그렇게 말하며 뒷짐을 졌다.

"사마련에 네 손님이 와 있다."

"······손님?"

"묵섬광 백소고."

사마련주의 말에 이성민의 두 눈이 크게 떠졌다.

사저가 왜 사마련에 와 있다는 말인가? 이성민이 혼란스러워하는 것을 보며 사마련주가 계속해서 말했다.

"네가 익힌 보법. 무영탈혼이 묵섬광의 무공이었지? 생각했던 것보다 뛰어난 실력을 가지고 있더군. 초월지경의 경지에 올라 무공이 완숙했고······ 무공 외에도 다른 힘을 가지고 있었어."

"그게 무슨 말입니까?"

"데니르가 그녀를 화신으로 삼았다."

사마련주가 혀를 차며 말했다.

"데니르가 왜 그녀를 화신으로 삼은 것인지는 모르겠다만. 신은 속내를 알 수 없는 놈들이다. 가진 힘은 그리 대단하지는 않아도, 그들이 가진 신으로서의 권능은 인간이 결코 흉내 낼 수 없는 것들이야."

"······사저는 어디에 있습니까?"

"너를 만나고 싶다고 하기에 사마련에 방을 두고서 기다리라고 하였다. 네가 데리고 왔던 적색 마탑주도 묵섬광과 인연이 있더군. 해치지도 않았고 구속하지도 않았으니 걱정하지 말라."

"스승님은 여인에게 친절하시군요."

"또 말 같지도 않은 헛소리를 한다면 엉덩이를 걷어차 버리 겠다."

"말도 못 합니까? 그냥 의아해서 하는 말입니다. 요정을 그 리도 좋아하시길래 다 큰 여자한테는 관심이 없는 줄 알 았……."

이성민의 말은 끝까지 이어지지 못했다. 사마련주는 자신이 경고했던 것을 주저 없이 행동으로 이행했다.

빠악!

둔탁한 소리와 함께 이성민의 몸이 공중을 날았다. 이성민 은 발에 차인 엉덩이를 붙잡고서 아픈 신음을 흘렸다.

"본좌가 사심이 있어 그녀들을 돌보는 줄 아느냐? 머저리 같 은 제자와 인연을 맺은 이들이라 돌봐주었을 뿐이다."

"감사…… 합니다."

"이 스승의 넓은 아량과 하해와 같은 은혜도 모르고 뚫린 입을 나불거리는구나. 쓸잘데기없는 생각하지 말고 일어서라. 너 때문에 생각지도 않았던 밤 산책을 나섰어."

"……도와주셔서 감사합니다."

"참 빨리도 말하는구나."

사마련주는 그렇게 투덜거리며 뒷짐을 진 자세 그대로 휘적 휘적 걸었다.

"돌아가자."

"예."

이성민은 화끈거리는 엉덩이를 손으로 문지르며, 사마련주의 뒤를 따랐다.

4장
백소고

　힘을 끌어내는 것을 자제하라는 말 덕에 이성민은 경공을 펼치지 못했다.

　그래도 나름대로 최선을 다해 이성민은 하라스로 뛰었으나, 경공을 펼쳐 단숨에 저 앞까지 치고 나갔던 사마련주가 보기에 이성민이 맨몸으로 뛰는 속도가 마음에 들 리 없었다.

　"쓸모없는 녀석."

　결국 사마련주는 그렇게 내뱉으며 이성민을 향해 손을 뻗었다.

　그는 격공섭물로 이성민의 몸을 공중에 띄운 뒤에 자비 없이 앞으로 쏘아내 버렸다.

　어마어마한 속도가 이성민의 몸을 짓눌렀지만, 그 정도 속도쯤은 문제로 삼을 정도도 없이 버티는 게 가능했다.

순식간에 하라스의 성벽에 도착했을 때. 이성민의 몸이 성벽을 뛰어넘어 바닥으로 떨어졌다.

이성민은 당황하지 않고 낙법을 펼쳤고, 이미 성벽 너머에 도착해 있던 사마련주가 이성민에게 말을 걸었다.

"가끔 이런 생각이 들곤 한다."

"무슨 생각 말입니까."

"본좌가 괴물을 키우고 있는 것이 아닐까, 하는."

사마련주는 그렇게 중얼거리며 뒷짐을 지고서 천천히 걷기 시작했다. 먼 곳에 사마련의 건물이 보이고 있었다.

이성민은 사마련주의 말이 무슨 뜻인지 몰라 머리를 갸웃거리며 그의 등 뒤를 따랐다.

"괴물을 키우고 계십니까?"

"너."

사마련주는 뒤를 돌아보지 않고 말했다.

"사실 조금 애매한 말이야. 하지만 너는 괴물이 되기에 충분한 가능성을 가지고 있지."

"제 별 볼 일 없는 재능을 두고 하는 말은 아니실 테고."

"알면 됐다. 네 재능이야 괴물이라고 평할 것이 아니지. 평범보다 못한 재능을 가지고 있으니…… 다른 의미로는 괴물 같다고 할 수 있겠구나."

"꼭 말은 그렇게 하셔야 합니까?"

"어쭙잖게 칭찬해 주어 분수도 모르는 버러지로 만드느니, 냉혹하나마 올바른 평가를 주어 분수를 아는 머저리로 만드는 것이 낫다고 생각한다."

"그러시면서 왜 제자로 거두셨는지."

"말하지 않았느냐. 나는 발악하는 머저리를 좋아한다고."

그 말에 이성민은 입을 꾹 다물었고, 그의 머릿속에서 허주가 낄낄거리며 웃었다.

[그래도 처음에는 발악하는 범재가 좋다고 하였는데. 어느새 너는 범재에서 머저리가 되었구나.]

'좀 닥쳐.'

이성민은 비웃어 대는 허주에게 욕을 쏘아주고서는 퉤 침을 뱉었다. 사마련주의 저런 말은 익숙했다. 그가 말은 저렇게 하면서도, 상당히 많은 것들을 신경 쓰고 배려해 주고 있다는 것도 이미 느꼈고, 알고 있다.

"그러면 대체 왜 그런 말을 하시는 겁니까?"

"가능성이지."

사마련주가 답했다.

"너라는 '인간'이 아닌, 네가 가진 가능성 말이다. 네가 만약 아까 전, 창왕과의 싸움에서 완전히 요괴로 변이했다면 어떻게 되었을 것 같으냐? 네가 가진, 그 끔찍하고도 불길한 요력들. 네 몸뚱이는 인간이 아닌 요괴의 것이 되었지만, 그렇다고 해서 너 자신이 진정 요괴였던 것은 아니었지. 하지만 완전히 요괴가 되었다면? 네 몸뚱이는 네가 가진 어마어마한 요력에 또다시 변이했을 테고. 만약 그렇게 된다면 창왕은 너에게 죽었을 것이다."

"……그 정도입니까?"

"어디까지나 추측일 뿐이지만. 네가 가진 요력은 크기도 크기이지만 격이 너무 높아. 네 안에 빙의되듯 남아 있는 대요괴의 잔재의 영향이기도 하겠지만, 그 외에도 네가 취했다는 어르무리의 요력은…… 후후. 그 둘을 받아먹고도 고작 그 정도밖에 안 된다는 것이 네가 버러지라는 증거이지."

"왜 또 말을 그렇게……."

"너는 많은 가능성을 지니고 있다."

사마련주는 여전히 이성민의 앞에서 걷고 있었다.

이성민은 폭주했던 요력을 떠올리며 한숨을 삼켰다.

이 통제가 온전하지 않은 힘은 폭발적인 위력을 선사하지만, 언제고 이성민의 정신을 도려내고 몸뚱이를 빼앗을지 모르는 날 퍼런 양날의 검이었다.

"네가 요괴가 될지도 모른다는 것이 네가 가진 가장 큰 가능성이고, 본좌는 그것이 네가 가진 하나의 분기점이라고도 생각한다. 인간으로 남느냐, 괴물이 되느냐……. 만약 괴물이 된다면? 너는 어떤 괴물이 될까. 어떤 요괴가 될까. '인간'에서 괴물이 되어버린 너는 인외라고 할 수 있을 테지. 무슨 말인지 알겠느냐."

"프레데터."

"그 인외종들의 집단에 대해 본좌는 뚜렷한 악의나 적의를 가지고 있지는 않다. 본좌는 무신이 떠들었다는, 인외가 없는 인간만의 세상에 공감하지는 않으니까. 하지만 그들이 위험하다는 것은 안다. 특히, 그곳에 있는 흡혈귀의 여왕은 아주 강력한 힘을 가진 괴물이지."

"그녀가 그렇게 강한 겁니까?"

"본좌는 오래전 그 괴물과 마주했던 적이 있었다. 서로에게 적의가 없었기 때문에 싸움을 벌이지는 않았지만, 당시의 본좌로서는 그 괴물을 상대로 싸움을 걸어 승리할 자신이 없었지. 그리고 그것은 지금도 크게 다르지는 않아. 그 정도의 힘을 가지고 있기 때문에, 초월지경 여섯 명과 무신 본인이 있던 천외천으로서도 프레데터와 전면전을 벌이지 못했던 것이다."

그 말에 이성민은 조금 놀랄 수밖에 없었다. 프레데터가 강하다는 사실은 익히 알고 있었고, 제니엘라가 얼마나 끔찍한 힘을 가지고 있는 괴물인지도 이미 알고 있었다. 하지만 저 사마련주가 승리를 확신할 수 없을 정도라니.

"학살포식. 존재가 확인되지도 않은 괴물이지만, 오래전부터 프레데터는 학살포식의 존재를 떠들며 언젠가 그런 괴물이 나타날 것이라 말하였지. 본좌는…… 네가 학살포식에 가장 근접한 존재라고 생각한다. 네가 가진 가능성은 학살포식에 대한 가능성이야."

"그래서 제가 괴물이라는 겁니까?"

"네가 인간임을 포기한다면 진정한 의미의 괴물이 되겠지. 네가 가면을 씌우고, '인간'으로서의 너를 강하게 하기 위해 여러 가지 무공을 가르치기는 했다만. 네가 워낙 머저리라 인간으로서 강해지는 속도가 너무 느려."

"……괴물이 되고 싶은 마음은 없습니다."

"만약 괴물이 된다면. 본좌는 너를 죽일 생각이다."

사마련주가 무덤덤한 목소리로 말했다. 그 말에 이성민은 표정을 굳히고 사마련주의 등을 보았다.

"그렇게 된다면 너는 재앙적인 존재가 될 것이고, 네가 하고 싶지 않은 수많은 일을 벌이게 되겠지. 네가 위험해서 죽이겠다는 것이 아니다. 네가 하고 싶지 않은 일을 억지로 하고, 그를 후회할 네 자신이 말살된 상태가 된다면. 스승으로서 너를 본좌의 손으로 죽이는 것이 제자인 너에 대한 예우이자 스승으로 해야 할 마무리라 생각하기 때문이다."

"……죽고 싶지 않으니, 인간임을 붙잡고 있어야 하겠군요."

"너는 많은 의문을 가진 존재야."

어느덧 사마련의 건물이 가까웠다.

"특히나 의문인 것은 너에게 빙의되어 있는 대요괴다. 허주. 400년 전에 죽은 요괴······ 당시의 토벌대에는 다수의 드래곤과 뛰어난 무사, 마법사며 주술사까지. 내로라하는 인물들이 모였다지. 그들에 의해 토벌되었을 요괴의 혼이, 수백 년의 세월을 뛰어넘어 너에게 연결되었다. 왜 하필 너였을까."

[네가 돌아온 자였으니까.]

사마련주의 질문에 답한 것은 허주였다. 그래. 이성민과 허주는 잠자는 숲에서 만났다.

잠자는 숲에서 허주와 이성민이 만났던 것은 어느 정도 엔비루스의 인도가 가미되어 있던 것이기는 하였으나, 허주가 기다렸던 존재는 이성민이 맞았다.

운명이라는 것이 존재한다면, 이성민이 엔비루스를 따라 잠자는 숲에 가서 허주와 만난 것 역시 거대한 운명의 안에 속한 것이리라.

[토벌대······ 다수의 드래곤. 뛰어난 무사, 마법사, 주술사. 흠······ 흐음.]

사마련주의 말을 되새기던 허주가 중얼거린다. 그는 자신의 죽음을 거의 기억하고 있지 못했다. 이성민은 솔직히, 사마련주의 말을 들으면서 저 정도의 병력이 토벌대로 온 것이라면 아무리 허주라고 해도 죽을 수밖에 없었던 것이라 생각했다.

[아냐.]

하지만 허주가 이성민의 생각을 부정했다.

[내가 기억하는 나의 힘대로라면. 저 정도의 토벌대로 이 어르신은 절대로 죽지 않는다. 다수의 드래곤? 몇 마리가 모여봤자 도마뱀은 도마뱀일 뿐이지. 인간은 말할 것도 없다. 드래곤의 마법조차 이 어르신을 해하지 못했었는데, 인간의 마법이나 주술이 통할 것 같으냐? 아니면 그들의 무술이 이 어르신을 궁지로 몰아넣었겠느냐?]

'그렇다면 너는 대체 왜 죽은 거냐?'

[모른다. 모르겠어. 나는 왜 죽은 것이지? 저 정도 토벌대에 죽을 리가 없는데. 뭘 잘못 먹었었나?]

허주가 투덜거렸다. 그의 죽음은 이전부터 이성민이나 허주에게 있어서 의문 거리로 남아 있었으나, 이 세상에서 허주의 죽음에 대해 설명해 줄 수 있는 인물은 존재하지 않는다. 그 외에도 허주는 다른 의문을 가지고 있었다.

왜 그는 죽어 소멸하지 않고, 혼만 남아 잠자는 숲에 묶여 있었던 것일까. 왜 그는 이성민을 기다리고 있던 것일까.

허주가 있던 잠자는 숲 안쪽에는 대체 무엇이 있던 것일까.

사박.

의문은 이어가지 못한다. 의문을 스스로 궁리해 답을 낼 수도 없다. 이성민은 걸음을 멈추었다. 밤중에 들려온 자그마한 소리가 그의 눈을 크게 뜨게 만들었다.

"마음이 급했나 보군."

사마련주가 중얼거린다. 파직하고 전류가 튀었다. 사마련주
는 검은 전류 너머로 몸을 감추며 말했다.

"자리는 비켜주마. 나눌 얘기가 많을 테니까."

사마련주의 배려 덕에.

이성민은 백소고와 마주 설 수 있었다. 수년 만에 만난 백
소고는 많은 것이 변해 있었다.

본래 회색에 가까웠던 머리카락은 완전한 백발이 되어 있었
고, 두 눈은 그 끝을 알 수 없을 정도로 깊었다.

변해버린 머리 색과 깊어진 두 눈.

그것만으로도 백소고는 이전의 모습과는 사뭇 다른 분위기
를 두르게 되었다.

"……사저."

이성민은 자그마한 목소리로 백소고를 불렀다. 백소고와 만
나는 것. 사저와 만나는 것. 많이, 참 많이 그려왔던 일이다.
기다리고 바라왔다. 하지만 적어도, 오늘, 이런 장소에서. 이렇
게 갑작스레…… 재회하는 것은 상상도 하지 못한 일이었다.
이성민은 대체 뭐라 말해야 할지 몰라 잠깐 동안 머뭇거렸다.

변명을 해야 하는 것일까.

이성민이 떠올린 것은 그런 생각이었다. 그가 알고 있는, 기

억하고 있는 사저는. 묵섬광 백소고는 자신의 신념에 충실한 인간이었다.

의와 협, 당연해야 할 도리, 정의. 그러한 것들이 백소고를 지탱해 온 신념이었다. 그렇기에, 므쉬의 산에서 내려와 다시 백소고와 재회했을 때. 그녀는 무림맹에 소속되어 있었다.

던전에서의 일 이후로 백소고는 무림맹을 떠났다. 그 이후로는 만나지 못했다. 간간이 소문으로만 백소고에 대해 들었을 뿐.

다시 므쉬의 산에 올랐던 그녀가 하산했고. 사마련주의 말을 통해 백소고가 데니르를 만나 그의 시련을 받고, 데니르의 화신이 되었다는 것을 알게 되었다.

그러한 일들을 겪었다고는 해도. 백소고가 가진 그녀의 신념이 무너졌으리라는 생각은 하지 못하겠다. 그녀는 선한 사람이었다.

정의로운 사람. 의로운 사람. 므쉬의 산에서 이성민이 보았던 백소고는 언제나 그런 사람이었다. 백소고가 무림맹에 실망하고, 그곳을 떠났다고 해도. 그녀가 가진 신념이 무너지지는 않았을 것이다.

그러한 백소고에게 있어서. '나'는 어떻게 보이는 것일까. 철갑신창을 죽인 것은 틀림없는 사실.

모용서진과 제갈태령의 죽음에 관여하지는 않았다고 하여

도, 지금의 이성민이 자신의 결백을 증명할 수단을 갖지 못한 것 또한 사실이다.

게다가 그는 정파와는 정반대인 사마련, 그것도 그 정점에 선 사마련주의 후계자가 되었다.

백소고가 보기에 나는 어떤 모습일까. 그녀는 나를 어떻게 받아들일까. 그에 대한 변명을 해야 하는 것일까.

"……사저."

이성민이 다시 한번 백소고를 부른다. 침묵하고 있던 백소고가 머리를 가로저었다.

무슨 뜻이지? 되묻기 위해 입을 열 때. 사박거리는 발소리와 함께 백소고의 몸이 이성민의 앞까지 다가왔다.

이성민은 코앞에 선 백소고의 숨결을 느꼈다. 그녀의 몸에서는 엷은 유채꽃의 냄새가 났다.

"사제."

백소고가 양팔을 벌려 이성민을 끌어안았다. 이성민은 당황하여 그 자리에서 굳어버렸다.

백소고는 두 눈을 지그시 감고서 이성민의 몸을 보다 강하게 안았다. 이성민은 백소고의 머리를 내려 보며 할 말을 잊었다.

"……오랜만이야."

백소고가 속삭였다.

"죽지 않아서 다행이야. 다시 만날 수 있어서 다행이야. 사제가 다치지 않고…… 무사해서 다행이야."

"……사저."

"미안해."

백소고가 떨리는 목소리로 말했다.

미안하다는 그 말.

이성민은 반복해서 중얼거리는 백소고의 사죄를, 그 목소리에 실린 회한과 죄책감에 잠깐 동안 침묵했다.

백소고가 쏟아내는 것은 수년 동안 그녀를 지탱해 왔던 감정의 일부였다.

의와 도리, 그런 정의감. 도덕적으로 올바른 것. 그것들이 뭉쳐 쌓여버린 이상. 그러한 덩어리 안에 있는, 사제에 대한 감정. 사제에게 뒤를 맡기고 갈 수밖에 없었던.

자의든 타의든 간에, 그 상황에서 사제를 홀로 두고 뒤를 돌릴 수밖에 없었다는 자신의 선택에 대한 죄책감과 후회.

백소고는 그런 사람이었다. 나는 착하니까. 므쉬의 산에서 백소고가 웃으며 했던 말을 떠올린다.

착하니까. 그러니까 죄책감을 갖고, 그것에 괴로워하고. 이성민은 천천히 손을 들어 백소고의 어깨를 감싸 안았다.

"……괜찮다고 하지 않았습니까."

이성민은 쓰게 웃었다. 백소고는 여전히 눈물을 흘리고 있었다. 이성민은 어린아이를 달래 주듯이 백소고의 어깨를 토닥여 주었다.

그녀가 가진 죄책감에 완전히 공감을 해줄 수는 없었으나, 그녀가 죄책감을 가진 대상이 다름 아닌 이성민, 자기 자신임을 알았기에. 이성민은 진심으로 그녀에게 말해주었다.

"그 날. 그 던전에서 나는 내가 바라였던 대로, 사저를 구하기 위한 선택을 내렸습니다. 그에 대해서 나는 단 한 번도 후회한 적이 없었고, 만약 다시 그때로 돌아간다고 해도 나는 똑같은 선택을 할 겁니다. 그러니 사저가 나에게 죄책감을 가질 필요는 없습니다. 내가 죽은 것도 아니잖습니까."

"……그때의 나는 무력했어. 사제를 뒤에 두고서도 몸을 돌릴 수밖에 없었지. 그게…… 미안한 거야. 나는 너무 약했으니까."

"괜찮습니다."

이성민은 백소고의 어깨를 잡았다. 둘 사이의 거리가 살짝 떨어진다. 백소고는 눈물에 젖은 눈으로 이성민을 보았다. 금색으로 물든 두 눈을.

"므쉬의 산에서. 나는 약했습니다. 언제 죽을지 모르는 몸이었어요. 무턱대고 들어와 시작한 고행은 내 상상 이상이었고, 나는 미련하고 오만하기 짝이 없는 금제의 중첩으로 언제 죽을지 모르는 상황이었습니다. 그런 나를 구해준 것이 사저, 당신이었습니다."

"그것에 대해서는…… 사제가 감사를 느낄 필요는 없어. 나는 나다운 행동을 했던 것뿐이야. 나는…… 착하니까."

"나도 마찬가지입니다."

이성민은 쑥스럽다는 듯이 웃었다.

"나도 나다운 선택을 했습니다. 나는 사저처럼 착하지는 않지만."

이성민의 말에 백소고는 아무런 말도 하지 못했다. 잠깐 동안 멍한 눈으로 이성민의 얼굴을 응시하던 백소고는, 풋 하고 웃음을 흘리더니 손을 들어 자신의 눈가를 닦았다.

"……이렇게 사제를 만날 수 있어서 다행이야."

"나도 그렇게 생각합니다. ……한데. 사저는 왜 이곳에 와 있는 겁니까?"

"사제가 이곳에 있으니까."

눈물을 모두 닦아내고서, 백소고는 크게 숨을 삼켰다. 죄책감을 쏟아냈다.

하지만 백소고가 이곳에 온 것은 사과의 말만을 전하기 위해서가 아니었다. 백소고의 말을 통해, 이성민은 그녀가 무슨 대화를 위해 이곳에 온 것인지 알았다.

이성민은 천천히 머리를 끄덕거렸다.

"좋은 술이 있습니다."

[너, 설마.]

"제 방에서 마시는 것…… 은 조금 그럴 테고. 적당한 자리를 골라 술잔을 기울이도록 하지요."

"사제의 방이라도 상관은 없어."

[이 어르신이 마시자고 할 때는 그렇게 빼더니!]

'좋은 게 좋은 거지.'

허주가 투덜거려댔지만, 이성민은 허주의 말을 무시했다. 백소고는 엷은 미소를 지으며 중얼거렸다.

"사제와 술을 마시는 것은 처음이구나."

"므쉬의 산에 있을 적에는 너무 어렸으니까요."

이성민은 마주 웃어주며 백소고의 말을 받았다. 백소고가 상관없다고 말한 덕에, 이성민은 백소고를 자신의 방으로 데리고 왔다.

사실 방이라고 하기에는 너무 큰 곳이다. 사마련주의 후계자라는 자리 덕에, 이성민은 별채를 통째로 사용하고 있었다.

사마련에 들어오고서 얼마 지나지 않아 계속해서 밖으로 나돌아다닌 덕에 그리 사용하지는 않은 곳이었지만.

"웅?"

별채로 들어서려던 이성민의 발이 멈추었다. 그는 공기 중에 녹아 있는 인위적인 냄새에 코를 찡긋했다.

익숙하지는 않았어도 그렇다고 낯선 냄새도 아니었다. 아.
이성민은 상황을 파악하고서 한숨을 푹 내쉬었다.

"뭔가 했더니."

이성민은 투덜거리며 별채의 문을 열고 안으로 들어갔다. 별채의 안에는 시약 냄새가 가득했고, 대기 중의 마나가 인위적인 흐름에 따라 움직이고 있었다.

사마련의 안에서 이런 일을 할 수 있는 것은 이성민이 아는 한 한 명뿐이다.

"돌아왔어?"

스칼렛이 복도의 끝에서 머리를 내밀었다. 그녀의 붉은 머리는 엉망으로 떡 져 있었고, 눈 밑에는 새카만 다크서클이 짙었다.

"왜 스칼렛 님이 이곳에 있는 겁니까?"

"실험을 위한 장소가 필요하다고 하니까, 나보고 여기서 묵으라고 하던걸. 네 상냥한 스승님이 말이야."

"……상냥?"

"나한테는 굉장히 잘해주던데? 필요한 마법 재료 따위도 말할 때마다 바로바로 구해다 주면서 말이야."

스칼렛은 그렇게 말하며 백소고를 힐긋 보았다.

"아. 백소고랑도 만났구나. 나눌 이야기가 많지? 나는 조용히 있을 테니까, 내 생각하지 말고 알아서 놀아."

"……여긴 제집인데."

"네 스승이 나보고 이곳을 쓰라고 했어. 나는 당장 나갈 수 없으니까, 이해 좀 해줘."

스칼렛은 그렇게 말하고서 다시 복도 너머에서 모습을 감추었다. 아무래도 마법 실험에 한창 매진하고 있던 모양이었다. 이성민은 한숨을 푹 내쉬면서 백소고를 돌아보았다.

"……뒤편의 정자로 가죠."

밤하늘에는 별이 적었다. 보기 좋은 밤하늘은 아니었으나 밤공기가 시원해 마음에 들었다.

이성민은 대기하고 있던 시종을 불러다가 안줏거리로 삼을 만한 것을 부탁해 두고서, 정자에 올라 백소고와 마주 앉았다.

"스칼렛 님과는 이미 만나셨던 겁니까?"

"그녀가 이곳에 있을 것이라고는 생각하지 못했지만. 응. 내가 이곳에 온 지도 사흘 째고, 첫날에 이미 만나 인사를 나누었어."

백소고는 그렇게 말하고서 이성민에게 꾸벅 머리를 숙였다.

"그에 대해서도, 사제에게 감사를 말하고 싶었어. 나는……
그녀를 구하러 가지 못했었으니까. 스칼렛이 위험한 순간에 도와주겠노라고 약속도 했었는데 말이야."

"각자의 사정이 있었던 것이겠지요. 스칼렛 님의 신변에도 아무 이상이 생기지 않았으니, 제게 감사를 말하지 않으셔도

됩니다."

"각자의 사정."

백소고가 작은 목소리로 중얼거렸다. 아공간 포켓에서 허주의 술병을 꺼내던 이성민은, 백소고의 중얼거림을 듣고서 멈칫 굳었다.

그러던 중에 시종이 안줏거리와 술잔을 가지고 올라왔다. 백소고는 자신의 앞에 놓인 술잔을 지그시 내려 보면서 말을 이었다.

"나는 사제를 믿어."

그 말에는 조금의 거짓도 섞여 있지 않았다.

"어떤 상황이 된다고 하여도. 나는 사제를 믿어. 세상 모두가 사제를 거짓말쟁이라고 한다고 하여도 나는 사제를 믿을 거야. 사제가 내 목숨을 구하기 위해 자신의 목숨을 저버려서가 아니야. 사제는 나의 사제니까. 그래, 그게 전부지."

이성민은 백소고의 말을 들으면서 호리병을 들었다. 그는 천천히 백소고의 잔에 술을 따라주었다.

"나는 사제가 거짓말을 한다고 해도. 그 거짓말이 너무 뻔한 것이라 의심의 여지가 없는 것이라고 해도. 그래도 나는 사제를 믿을 거야."

"거짓말할 생각은 없습니다."

이성민은 자신의 잔에도 술을 채웠다. 드워프 마을 이후로

이 술을 마시는 것은 오랜만이라, 허주가 분위기를 무시하고 머릿속에서 들뜬 소리를 내고 있었다.

"사저는 내가 마인이라 생각하십니까?"

"소문을 사실이라고 믿고 싶지는 않아."

"내가 마인이 맞다면 어쩌실 겁니까."

"사제가 내 신념에 어긋나고, 바로 잡아야 할 인물이라면. 아마…… 나는 그렇게 행동할 거야."

그것이야말로 므쉬의 산에서 가혹한 고행을 버티게끔 만든 이유였고, 데니르의 정신세계에서 천 년을 버티게 만든 이유였다.

스스로 올곧다 믿고 있는 신념. 비록 그것이 올곧은 신념을 이루고 있는 것이 뒤엉키고 휘어져 비틀린 수많은 곡선의 집합이라고 해도.

타인이 보기에는 편협한 고집의 덩어리일 뿐이라고 해도.

백소고는 그것을 따를 수밖에 없다.

"……많은 오해가 있었습니다."

이성민은 한숨을 쉬며 말을 시작했다. 가장 먼저 말해야 할 것은 이성민과 위지호연의 관계에 대해서였다.

그를 말해야만 위지호연을 구하기 위해 철갑신창을 막아선 것과 그녀를 구해내고 결국 철갑신창을 죽인 것에 대해 답할 수 있을 테니까.

"소천마 위지호연은 마인입니까?"

이성민은 백소고에게 그런 질문을 던졌다. 백소고는 곧바로 답하지 않았다. 그녀는 이성민과 위지호연 사이의 관계를 이해했다.

위기에 처한 친구를 구하기 위해 철갑신창을 막았고, 그가 죽음을 결사하여 덤빈 것에 맞서준 것이 전부다.

"그녀는 뚜렷한 악행을 행하지는 않았지."

백소고가 중얼거렸다.

"위지호연이 한창 소천마로서 이름을 떨치고 있을 때에도. 그녀는 나서서 악행을 저지르지는 않았어. 그녀의 무위에 관심을 둔 자들이 도전하고, 패배해 죽는 것이 반복되며. 그녀의 자비 없는 손속으로 인해 소천마라는 이름이 만들어졌지."

"그것을 악행이라고 할 수는 없겠지요."

"그렇지."

백소고는 작은 목소리도 답하며 두 눈을 감았다.

"……소천마를 감시하고 통제하려 했던 것은 무림맹이었지."

"무림맹?"

이성민은 쿡쿡거리며 웃었다. 무림맹에 대해서도 이성민은 할 말이 아주 많았다.

이성민은 세간에 귀창이라는 별호가 마인으로 알려진 것에 대부분 일조한, 미혹의 숲에서 있던 일들에 대해 말해주었다.

그에 대한 이야기를 백소고가 납득하게 하기 위해서는 천외천이란 집단에 대해서도 말해야만 했다.

백소고는 긴 침묵을 가졌다. 그녀는 천외천이라는 집단에 대해 알지 못하고 있었다.

그녀가 정의로운 집단이라 여겼던 무림맹은 결국 천외천이라는 집단의 하위였을 뿐이었고, 무림맹주 본인이 천외천에 소속되었다는 사실은 그녀의 말문을 막게 하기에 충분했다.

또한, 정황상 제갈태령과 모용서진을 죽인 것은 무림맹의 흑견단이 틀림없었고, 그러한 무림맹의 행동은 철갑신창의 죽음과도 이어진다.

"무림맹이 사제를 압박하기 위해 철갑신창에게 죽음을 강요했고. 제갈태령과 모용서진을 살해하여 그 죄를 사제에게 뒤집어씌웠다……."

"믿으십니까?"

"사제는 짓궂구나."

이성민의 질문에 백소고가 쓰게 웃었다.

"나는 사제의 말을 무조건적으로 믿을 것이라고 했어. 그리고…… 지금 사제가 한 말들은. 딱히 거짓이라고 의심되는 부분도 없고. 천외천, 천외천……."

백소고는 술잔을 들어 올렸다. 허주가 안달하는 호리병의 술은, 술잔에 따른 직후로 누구도 손을 대지 않고 그대로 남아 있었다.

백소고는 술잔을 가볍게 흔들면서 말을 계속했다.

"이 세상에 인외를 모두 없애고, 인간의 세상을 만든다."

"사저는 어떻게 생각하십니까."

"그들의 이상을 공감하지는 않아."

백소고가 그렇게 말했다.

"모든 인외가 악하지는 않으니. 인외의 대부분이 인간을 포식하는 것은 틀림없는 사실이지만, 인간을 포식하지 않는 인외도 있잖아."

[편협한 년이로군.]

허주가 투덜거렸다.

[인간을 포식하는가, 포식하지 않는가를 옳고 그름의 잣대로 삼고 있지 않으냐? 결국 인간의 입장에서 멋대로 그 둘을 가를 뿐이다.]

'사저는 인간이니까.'

이성민은 투덜거리는 허주를 달랠 겸 술잔을 입으로 가져갔다.

"사제의 입장도 이해할 수 있어. 소천마를 구하기 위해 한 행동이었고…… 그 과정에서 천외천의 적이 되었지. 응. 무림에서는 흔한 일이잖아."

백소고가 술잔을 입가로 가져간다. 그녀는 술의 향기에 조금 놀란 표정을 지었고, 목으로 넘긴 술의 맛에 다시 한번 놀랐다.

그녀는 잠깐 동안 비어버린 술잔을 보다가 머리를 흔들었다.

"……사제. 나는, 이곳에 오면서 많은 생각을 했어. 내가 아는 세계에 대해서. 내가 보아왔던 것과 내가 신념으로 삼은 것들에 대해서. 그래. 내가 신념으로 삼은 기준과 옳고 그름을 나눈 잣대가 타인이 보기에는 편협하고 정당하지 않을지도 몰라."

[스스로라도 알아서 다행이군.]

"하지만."

허주가 중얼거렸고, 백소고는 즉시 말을 덧붙였다.

"편협하고 정당하지 않다고 해도. 나는 내가 바라는 대로 행동할 생각이야. 그것이 이기적인 독선이라고 하여도. 의롭게 살아라. 도리를 걸어라. 그것이…… 그렇게 사셨던 내 스승의 마지막 말이었으니까."

백소고에게 스승의 이야기를 들은 적은 없었다. 몇 번인가 물었던 적은 있었으나, 백소고는 그런 질문을 들을 때마다 쓰게 웃으면서 대답을 피하곤 했었다.

"나는 사제를 악이라고 생각하지 않아."

백소고가 천천히 몸을 일으켰다.

"하지만 사마련이라는 집단을 악이라고 생각해. 그래. 이 집단 안에서도 악인이 아닌 자는 있겠지. 정파인 무림맹의 모두가 의협이 아니었듯이 말이야."

"……사저는 무엇을 바라시는 겁니까?"

"악의 근절."

백소고는 망설이지 않고 대답했다. 그것이 너무 터무니없는 대답이라, 이성민은 되물을 수밖에 없었다.

"……예?"

"이 세상에서 모든 악인을 근절하는 것. 그게 내가 바라는 것이야."

[하하하!]

허주가 큰 소리로 웃음을 터뜨렸다.

[정말 참신한 또라이로구나!]

미친 듯이 웃어대는 허주의 웃음 속에서, 이성민은 어느 정도는 허주의 웃음에 공감할 수밖에 없었다.

"재미있는 이야기를 나누는군."

어둠 속에서 웃음소리가 들렸다.

백소고와 이성민이 사마련주의 존재를 의식했을 때. 그는 이미 정자 위에 올라와 있었다. 사마련주는 탁자 위에 올려 두었던 호리병을 향해 손을 뻗었다.

"멋진 술이로군."

호리병에서 올라오는 주향을 맡고서 사마련주는 감탄을 터뜨렸다.

그는 빈 잔을 격공섭물로 들어 올리고서 술을 부었다. 그러면서 가면 안쪽의 눈을 움직여 백소고를 보았다.

"악을 근절하겠다. 모든 악인을 치우겠다. 후후! 오만하기 짝이 없는 말 아닌가."

백소고는 사마련주의 출현에 당황하지 않았다. 면전에 대고서 비웃음을 받았음에도 백소고의 표정은 평온했다.

백소고의 무뚝뚝한 시선을 받으며 사마련주는 가면을 살짝 들어 술잔을 기울였다. 술잔을 모조리 비우고서 사마련주는 탄성을 흘렸다.

"무능하기 짝이 없는 제자인 줄 알았건만. 술맛은 잘 아는 모양이군. 이런 술을 꿍쳐두고서 스승에게 바치지 않은 것이 괘씸하구나."

"달라고 한 적 없으시잖습니까."

"직접적인 요구를 들어야만 생각하고 행동하는 것이냐. 그래서 본좌가 너를 멍청하다고 하는 것이다. 이런 좋은 술이 있다면 응당 스승께 한 잔을 올려야 하는 것이 도리아니겠느냐."

"지금 한 잔 올리겠으니 땡깡 좀 그만 부리십시오."

"스승에게 땡깡이라니, 썩을 놈이로군."

사마련주는 투덜거리면서 호리병을 이성민에게 밀어냈다.

이성민은 한숨을 푹 내쉬며 몸을 일으켰다. 그는 양손으로 호리병을 받아 사마련주의 잔에 술을 따라 주었다.

"선과 악은 관점에 따라서 얼마든지 뒤집힐 수 있지. 묵섬광 백소고. 너는 이 세상 모든 악을 근절하겠다고 했다. 네가 근절하겠다는 악을 악이라고 정하는 것은 누구냐."

"저입니다."

비웃음 가득한 질문에 백소고는 주저 없이 대답했다.

그 대답에 다시 한번 사마련주는 웃었다. 웃을 수밖에 없었다.

"네가. 무엇이 선이고 무엇이 악인지 정확하게 가를 만한 잣대를 가지고 있다 말하는 것인가?"

"아뇨. 가지고 있지 않습니다. 내가 가진 잣대가 편협하다는 것은 저 스스로가 가장 잘 알고 있습니다."

"그러면서도 네가 악을 근절하겠다고 말하는 것인가?"

"예."

"미쳤군."

백소고의 대답에 사마련주는 헛웃음을 흘리며 머리를 가로저었다.

스스로의 말과 행동이 일그러져있음을 앎에도, 백소고는 조금도 망설이지 않고 있었다.

백소고는 가면을 쓴 사마련주를 뚫어져라 보았다.

"저는 보편적인 관점을 따를 것이고, 대부분이 말하는 악을 근절하고자 하는 것뿐입니다."

"힘 있는 자들이 모여 한목소리로 떠들어댄다면 무지몽매한 아랫것들은 거짓도 진실이라 여기게 되지. 봐라. 본좌의 무능한 제자를 대부분의 사람들은 본좌의 제자를 마인이라 말한다. 사실이 그러한가?"

"억울한 이들도 있을 겁니다. 저는 악이라 하여 무조건적으로 근절할 생각을 가진 것은 아닙니다. 만나서, 겪어 보고. 억울한 사정이 있다면 그 사정을 충분히 헤아릴 것입니다."

"묵섬광, 너는 불가능하고 우스운 이상을 말하는구나. 어린아이가 정의로운 세상을 만들겠다고 떠드는 소리와 네가 지금하는 것은 크게 다를 것이 없을 것이다."

"그럴지도 모르지요."

여전히 백소고의 대답에 흔들림은 없다.

"하지만 저는 어린아이가 아닙니다."

"그렇기에 더 위험하지. 너를 막을 수 있는 존재는 이 세상에 그리 많지 않을 테니까. 그런 네가 어린아이와 다를 것 없는 행동을 하니까 위험한 것이야."

"저는 옳은 일을 하려는 겁니다."

"네가 하는 일이 옳은 것이라 누가 판단하겠느냐?"

사마련주가 코웃음을 치며 물었다.

"네 자신이 어느 순간 악이 되어버렸다면? 네가 하는 행동,

네가 집행하는 정의. 악의 근절. 그 모든 것이 잘못된 것이라면 어찌할 테냐?"

"죽겠지요."

고민할 필요가 없는 말이었다.

"저 스스로가 그렇게 된다면, 저는 저 스스로를 죽이겠습니다."

"미쳤군."

사마련주가 혀를 차며 중얼거렸다. 그는 자신이 이곳에서 무슨 말을 하든 간에, 저 반쯤 미쳐버린 계집을 설득할 수 없다는 것을 납득했다.

사마련주는 두 눈을 가늘게 뜨고서 백소고를 노려보았다.

"본좌가 악이라면, 너는 본좌를 죽일 텐가?"

"가능하다면 그렇게 했을 겁니다. 하지만 지금은 아니에요."

이번에도 백소고는 고민 없이 대답했다.

이곳에서 지낸 며칠 동안, 백소고는 사마련주라는 인물이 얼마나 가공할 무위를 가지고 있는 괴물인지 똑똑히 알았다.

"그리도. 저는 당신이…… 악인인지 잘 모르겠습니다."

"대부분의 이들은 본좌를 향해 마인의 왕이라 부른다. 사마련은 마인 소굴이고, 본좌는 그놈들의 정점에 서 있으니까. 한데 본좌가 악인이 아니라는 것이냐."

"제가 말했지요. 대부분이 악인이라 말한다 하여 무조건 근절할 생각은 없노라고."

백소고는 그렇게 답한 뒤에 이성민을 보았다. 그녀는 이성민을 향해 살짝 머리를 숙여 보이며 말했다.

"사제도 내 말이 말도 안 되는 이상이라고 생각해?"

"……나에게 무슨 대답을 기대하시는 겁니까?"

"사저가 나의 말이 옳다고 말해주기를 바라는 것은 아니야. 나 역시, 내가 바라는 이상이 얼마나 터무니없는 것인지 알고 있으니까."

백소고는 그렇게 중얼거리면서 몸을 일으켰다.

"천외천이라는 집단. 그 실체에 대해 제대로 들은 것은…… 사제에게 들은 것이 처음이야. 나는 그들의 이상에 공감하지는 않지만, 그렇다고 그들을 악이라고 말하지는 못하겠어. 그들이 말하는 것은 방법이 잘못되었다고는 해도, 인간을 위한 것이니까 말이야."

"천외천을 두둔하는 겁니까?"

"사제는 왜 천외천과 싸우는 것이지?"

백소고가 되물었다.

"그들이 소천마를 납치하려 하던 과정에서 사제는 천외천과 충돌했지. 천외천은 그 후로 사제에게 누명을 씌웠고. 사제는 천외천에게 죽지 않기 위해, 그들을 사냥했어."

"그렇지요."

"오해가 풀린다면. 그들이 소천마를 억지로 데려가려 하지 않는다면? 사제와 천외천 사이의 앙금이 사라진다면?"

"다 같이 모여서 하하 호호 웃으며 농담 따먹기도 하고, 술이나 나눠 마시는 친구가 될 수 있다고 말하시는 겁니까?"

"그렇게 될지도 모르지. 관계라는 것은 얼마든지 변할 수 있으니까."

백소고는 그렇게 말하면서 쓰게 웃었다.

"나는 인간을 위하는 그들을 무조건 틀리다고 생각할 수가 없어."

"사실은 천외천이 좋은 놈이었다. 라고 말하려는 겁니까?"

"그럴 수도 있다는 말이야."

"……사저. 이미 돌아오기에는 너무 먼 길이 되었다고 생각합니다. 그리고 나는. 천외천과 함께 가는 나의 모습을 도저히 상상할 수가 없습니다."

"어째서?"

"네 사제는 괴물이니까."

백소고의 질문에 대답해 준 것은 사마련주였다. 그 말에 백소고의 얼굴이 멈칫 굳었다.

"……무슨 말입니까?"

"말 그대로입니다."

이성민은 한숨을 내쉬며 사마련주의 말을 받았다. 그는 뛰고 있는 심장이 들어 있는 왼쪽 가슴을 어루만졌다.

"나는…… 인간이 아닌 존재에 가까워졌습니다. 천외천의 목적이 인외를 말살하는 것이라면, 그들이 말살하고자 하는 인외에 나도 포함되는 겁니다."

그 말에 백소고는 여태까지와는 다르게 곧바로 답하지 못했다. 그녀는 노골적인 떨림이 담긴 눈으로 이성민을 보았다. 잠깐 동안 머뭇거리던 백소고가 간신히 목소리를 쥐어짜 내 물었다.

"……사제가 왜 그렇게 된 것이지?"

"나는 약했으니까요."

몇 번이나 생각해 보곤 한다. 검은 심장을 얻지 못했다면? 허주와 만나지 못했다면? 만약 그랬더라면, 위지호연에게 신공절학을 배웠어도 지금만큼 강해지지 못했을 것이다.

어쩌면 지금 나이가 되어 간신히 초절정에 도달했을지도 모르는 일. 데니르의 수행이 변수가 되기는 하겠다만, 검은 심장이나 허주의 도움 없이 초월지경의 벽을 넘을 수 있는가에 대해서는 스스로도 회의적이었다.

"사도(邪道)라는 것은 압니다. 하지만 나는 어쩔 수 없었습니다. 후회를…… 하고 있는 것도 아닙니다."

"사제……."

"후회하지 않습니다."

이성민은 다시 한번 말했다. 그 말에 백소고는 한참 동안이나 침묵했다.

그 무거운 침묵이 지나는 동안, 사마련주는 이성민에게서 술병을 빼앗아 연거푸 술잔을 비웠다.

"술맛이 참 좋군."

[뭘 좀 아는 놈이로다.]

"하지만 즐겁게 마실 분위기가 아니로구나. 본좌는 홀로 술이나 마실 터이니, 너희는 알아서 떠들도록 하여라."

사마련주는 그 말을 남기고서, 술병을 들고 사라져 버렸다. 이성민이 그 술병은 자신의 것이라 주장할 틈도 없이 일어난 일이었다.

[저 쌍놈의 새끼!]

허주가 고함을 질렀다.

"……사제는 괴물인가?"

그런 허주의 욕설 뒤에서, 백소고는 질문했다.

"인간보다는 괴물에 가까울 겁니다."

"어떤 괴물이지?"

"요괴."

"사제는 식인을 하는가?"

백소고는 또다른 것을 물었다. 대부분의 인외는 식인을 한다. 모든 인외가 식인을 하는 것은 아니지만, 그들 중 상당수는 존재를 유지하기 위해서 식인을 할 수밖에 없다. 인간의 피를 빠는 뱀파이어나 인육을 먹는 요괴 등.

"하지 않습니다."

"⋯⋯해본 적은?"

"없습니다."

"사제는⋯⋯ 완전한 괴물이 아니라고 했어. 인간과 요괴, 그 사이에 있다는 말이겠지. 대답해 줘, 사제. 거짓말하지 말고⋯⋯ 솔직하게. 사제는 둘 중 무엇이 되고 싶은 거지?"

"인간으로 남고 싶습니다."

이성민은 거짓 없이 대답했다.

그 대답이 백소고에 있어서는 정답이었다. 경직되어 있던 그녀의 뺨이 풀린다. 백소고는 한숨을 쉬며 머리를 끄덕거렸다.

"⋯⋯사제. 나는 이곳을 떠날 거야."

그러고는 곧바로 이별에 대해 말했다.

"물론. 오늘 당장 떠난다는 것은 아니야. 나는⋯⋯ 사제를 다시 만나고 싶었어. 만나서 이야기하고 싶었고, 용서를 구하고 싶었지. 그리고⋯⋯ 가능하다면 사제와 함께하고 싶었어."

"⋯⋯사저."

"알고 있어. 서로의 입장이 다르다는 것을."

백소고가 머리를 가로저었다.

"⋯⋯어디로 가실 셈입니까?"

"소림에 갈까 해."

소림. 이성민이 떠올린 것은 소림의 산문이 아닌, 늙은 불영 대사와 소림의 미래라 불리는 지학이었다.

과연. 그 둘이라면 '대부분'의 사람들이 말하는 의로운 인물에 가까울 것이다. 이성민도 그 둘을 직접 만나 보았다. 적어도 이성민은 그들이 어떠한 음모에 가담했거나, 천외천과 연결되어 있다는 생각은 할 수가 없었다.

"왜 소림에 가시는 겁니까?"

"태산북두. 소림과 무당을 일컫는 말이지. 무림맹이 변질되었다고 해도, 나는 정파가 모조리 악이라고 생각할 수가 없어. 그러니…… 소림에 가보는 거야. 소림은 정파 무림의 태산이니까."

백소고는 그렇게 답하며 소매 안쪽에 손을 집어넣었다. 그녀가 꺼낸 것은 회색의 팔찌였다.

"스칼렛에게 부탁해서 받았어. 그녀가 우리에게 건넨 것과 같은 팔찌야."

"서로 위험에 처했을 때를 위한 겁니까?"

"그것도 그렇지만. 사제와 내가 연결되었음을 증표로 남기고 싶어서이기도 해."

이성민은 백소고에게 팔찌를 건네받았다. 백소고는 자신의 손목에 채워진 회색 팔찌를 들어 보여주며 빙그레 웃었다.

"물론. 나는 사제가 위험에 처한다면, 어디에 있든 간에 내가 할 수 있는 한 가장 빠른 속도로 사제를 구하러 갈 거야."

"세상은 넓습니다."

이성민은 피식 웃으며 손목에 팔찌를 감았다.

"반대쪽에 있다면 위험을 알려도 구하러 오지 못할 겁니다."

"그렇다면 위험한 상황에 처하지 마."

백소고가 마주 웃으며 답했다.

별채의 문을 열고 들어왔을 때에, 시약 냄새는 아직도 그 안을 가득 맴돌고 있었다.

이성민은 복도 끝을 보았으나 스칼렛의 모습은 보이지 않았다. 대신 스칼렛의 목소리만이 복도 너머에서 들려왔다.

"미안. 지금 한창 중요할 때라 자리를 뜰 수가 없거든. 그래도 확성 마법을 써서 말하고 있는 거니까, 잘 들리기는 하지?"

"네."

"그래서. 백소고는 갔어?"

"네. 자러 갔습니다."

"바로 떠날 줄 알았는데, 아닌 모양이네."

"그렇게 바로 떠나는 것도 정이 없지 않습니까."

이성민은 그렇게 대답하면서 복도를 걸었다. 긴 복도를 걸어 옆으로 꺾으면 거실이 나온다.

거실은, 이성민이 이 별채를 사용했을 때와 전혀 다른 모습으로 바뀌어 있었다.

온갖 종류의 마법 도구들이 난잡하게 어지럽혀져 있었고, 큼지막한 냄비 안에서는 정체를 알 수 없는 끈적거리는 액체가 부글거리며 끓고 있었다.

어린아이나 듣는 이야기 속에 나오는 마녀의 공방을 연상시키는 거실 한가운데에, 붉은 머리의 마녀는 피로가 역력한 기색으로 서서 마나의 흐름을 관장하고 있었다.

"괜찮으신 겁니까?"

"괜찮을 리가 있나. 벌써 이틀째 안 자고 있어."

"무슨 일을 하고 계신 겁니까?"

"말하면 이해하기는 해?"

"못하죠."

"그럼 나도 안 알려줄래. 이해하지도 못하는 놈을 잡고 떠들어봤자 내 입만 아프고 답답하니까."

스칼렛은 그렇게 중얼거리면서 손을 움직였다. 그녀의 손안에 모여 있던 붉은 마력이 쭉 미끄러지더니 다른 색의 마력과 결합되었다.

그러면서 입술을 달싹거리며 주문을 외우고, 검지를 세워 허공에 룬 문자를 적어 간다.

이성민은 의자를 끌어와, 스칼렛을 방해하지 않을 거리에 앉았다. 한참 동안 영창을 외어가며 마나를 결합하고, 허공에

룬 문자를 적어 가던 스칼렛이 멈춘 것은 새벽이 지나 아침이 되었을 때였다.

"한가해?"

스칼렛은 몸을 돌리며 물었다. 그녀는 아무렇게나 던져두었던 수건을 들어서 땀으로 흠뻑 젖은 얼굴과 머리를 벅벅 문질러 닦았다.

그러다가 쩝 입맛을 다시며 중얼거렸다.

"그냥 목욕을 해야겠어. 이틀 동안 씻지도 않았더니 냄새나."

"마법을 쓰면 되지 않습니까?"

"목욕이라는 것이 꼭 몸 씻어서 악취를 없애는 것이 목적은 아니잖아. 나는 뜨거운 탕에 몸을 담그며 여유를 즐기고 싶은 거야."

스칼렛은 투덜거리면서 의자에 털썩 앉았다. 뻐근한 어깨를 주물러가던 스칼렛이 이성민을 힐긋 보았다.

"훔쳐보면 안 돼."

"안 훔쳐봅니다."

이성민은 어이가 없어서 투덜거렸다.

5장
아벨

　쓰지 않는 방에서 잠들고 눈을 떴을 때. 정오에 가까워져 있었다. 몸을 씻고 나서는 허주의 등쌀에 못 이겨 사마련주를 찾아갔다.

　[그 술병은 이 어르신이 가장 아끼던 보물이다. 그것을 두 눈 뜨고 빼앗기다니!]

　'어차피 술이 끝없이 나온다면서?'

　[남이 가지고 갔다는 것이 문제인 것이다. 당장 되찾아 와!]

　'어차피 가지고 있어 봐야 마시지도 않을걸.'

　[이 빌어먹을 새끼야. 네가 어제 그 술병을 빼앗기지 않고서, 네 그 흰머리 사저랑 아침까지 술을 마셨다면. 네가 오늘 혼자 일어났을 것 같냐?]

　'그건 또 무슨 말이냐?'

[그 술은 이 어르신도 넋 놓고 퍼마시면 취하게 만들던 물건이다. 너와 네 사저가 아침까지 호리병의 술을 퍼마셨더라면, 분명 둘이 정신줄을 놓고 취한 남녀가 응당 해야 할 일을 하게 되었을…….]

'개소리를 하면 똥통에 담가 버리겠다.'

[그 협박도 참 오랜만에 듣는군.]

이성민이 쏘아붙이자 허주가 이죽거렸다. 그러면서도 똥통에 들어가는 것이 싫은 듯, 허주는 얌전히 입을 다물었다.

사마련주는 집무실에 있었다. 문을 두드려 허락을 구하고서, 이성민은 그 안으로 들어갔다.

사마련주는 새벽 밤에 보았던 것과 다른 가면을 쓰고 있었고, 허주의 호리병은 사마련주의 책상 위에 얌전히 올라가 있었다.

"멋진 술병이더구나."

사마련주가 입을 열었다.

"마셔도 마셔도 끝이 없더군. 술의 맛은 본좌가 여태까지 마셨던 그 어떤 술보다 훌륭하였고. 만약 이곳이 사마련이 아닌 요정의 숲이었다면 취할 정도로 마셨을 것이다."

"그 호리병의 주인이 호리병을 되찾아오라고 졸라대고 있습니다."

"주인? 아. 너에게 빙의되어 있는 대요괴말이구나. 이게 그

대요괴의 물건이었나?"

"그렇습니다."

"본좌는 남의 것을 함부로 빼앗을 정도로 몰상식한 사람은 아니야. 돌려주마."

사마련주는 그렇게 말하며 호리병을 격공섭물로 띄워 이성민에게 돌려주었다.

이성민의 손안에 호리병이 들어오자, 허주가 안도의 한숨을 내쉬었다.

수백 년 전에 끔찍한 악몽으로 불리던 대요괴가 호리병 하나에 일희일비하고 있는 것이다.

"묵섬광에 대해 어떻게 생각하나?"

"무슨 말을 하고 싶으신 겁니까?"

"그녀는 위험해."

사마련주가 중얼거렸다.

"우직하고 고집 있는 바보만큼 귀찮은 놈은 없다. 너무 올곧으면 쉽게 부러지기 마련이라고들 하지 않나."

"갈대가 잘 부러지지 않는 것처럼?"

"때로는 휘어지는 것이 나은 법이다. 묵섬광은 빨리 죽을 거야. 아니면 절망하고 망가지던가."

"……꼭 그러리라는 보장은 없지 않습니까?"

"이뤄지지 못할 신념에 맹목적이라면 자기 자신에게 잡아 먹혀 괴물이 되기 마련이야. 아니면 그 전에 현실에 절망해 버리던가."

사마련주는 큭큭 웃었다.

"마침 잘됐구나. 너를 만나고자 기다리는 손님들이 있다."

"예?"

"며칠 전. 마법사 길드장이 사마련을 찾아왔었다. 표면적으로는 적색 마탑주에 대한 이야기를 나누기 위해서라 했다만, 그것이 이유의 전부는 아니었지."

"그게 무슨 말입니까?"

"적색 마탑주는 당분간 사마련에 있게 되었다. 정확히 말하자면, 마법사 길드와 사마련이 손을 잡게 되었다는 뜻이지."

"무림맹과 마법사 길드의 관계는 어떻게 되는 겁니까?"

"마법사 길드는 중립이다. 용병 길드와 다를 것이 없어. 이전에도 마법사 길드는 사마련의 사파와 연결되어 있었는데, 그것이 보다 진해진 것일 뿐이야. 애초에 마법사 길드장이 이곳에 온 목적은 적색 마탑주 때문이 아니었어. 너와 본좌를 만나기 위해서였지."

사마련주는 이성민을 데리고 응접실로 내려갔다. 넓은 응접실의 안에서는 두 명의 마법사가 기다리고 있었다.

그중에는 이성민이 아는 얼굴도 있었다. 이성민은 로이드를 보며 두 눈을 크게 떴다.

"로이드 님?"

"오랜만일세."

이성민을 보자, 로이드는 반가운 표정을 지었다. 이성민으로 인해 난처한 입장에 휘말렸던 것은 사실이었으나, 그로 인해 큰 곤란을 겪은 것도 아니다.

게다가 그것은 어디까지나 로이드가 이전에, 이성민에게 큰 도움을 받고 무조건 하나의 부탁을 들어주겠노라 했던 약속으로 인해 일어난 일이었다.

"부를 필요가 없어졌군."

그렇게 말한 것은 아벨이었다. 이성민은 아벨 쪽으로 시선을 주었다.

마법사 길드장과 만난 적은 없었으나, 어딘가 낯이 익었다. 이성민은 아벨의 얼굴을 보며 두 눈을 끔벅거렸다. 그러자 아벨이 로브의 후드를 뒤로 넘기며 의자에 털썩 앉았다.

"엔비루스, 아니, 카인. 내 병신같은 형님과는 만난 적이 있지 않나?"

"……아!"

전체적인 분위기와 눈매가 다르기는 했지만, 얼굴의 생김새가 엔비루스와 닮았다.

아벨은 놀란 이성민을 보며 낄낄 웃었다.

"형님과 너 사이에 있었던 일들에 대해서는 알고 있다. 내 형님이 너와의 약속을 이행하지 않으려 했던 것도. 병신 같은 판단으로 육체가 붕괴되어 정령계로 떠나버린 것도."

"예?"

아벨의 말에 놀란 소리를 낸 것은 로이드였다. 그는 이곳까지 아벨과 함께 오기는 했지만, 스승인 엔비루스에 대한 이야기는 들어 본 적이 없었기 때문이었다.

하지만 아벨은 로이드의 말을 무시했다. 그의 관심은 오로지 이성민에게만 향해 있었다. 이성민이야말로 아벨이 이곳까지 찾아오게 만든 이유였기 때문이었다.

"되돌아온 자."

아벨이 입을 열었다.

"지금의 세상이 아닌 다른 세상에서. 너는 죽음을 맞았으나, 어떤 이유로 인해 과거로 돌아왔다. 이것은 틀림없겠지?"

"당신도 보이는 겁니까?"

흑마법사는 혼을 보는 눈을 가지고 있다. 수준 높은 흑마법사라면, 그 눈을 통해 이성민의 혼이 인과율이 비틀려져 있음을 알 수 있다.

하지만 이성민이 추측과는 다르게, 아벨은 머리를 가로저었다.

"아니, 나는 흑마법사는 아니다. 꼭 흑마법사만이 영혼을 볼 수 있는 것이 아닐 뿐이지."

아벨은 그렇게 중얼거리며 품 안에 손을 넣었다. 그가 꺼낸 것은 새하얀 표지를 가진 마도서였다.

그것을 본 순간. 로이드의 얼굴이 하얗게 질렸다. 그는 자리에서 벌떡 일어서서 입을 쩍 벌렸다.

"그, 그리에스……."

"왜 자꾸 놀라고 그러냐."

"그리에스가 대체 왜…… 아니, 왜 길드장님. 당신이 그리에스를 가지고 있는 겁니까?"

"내가 마법사 길드장이니까."

"그리에스는 마법사 길드의 것이지, 길드장님의 것이 아닙니다! 원로원에서는 이것을 알고 있는 겁니까?"

"비원에 대한 열망도 버린 놈들이다. 뭘 어떻게 해야 축 늘어진 거시기를 빳빳하게 세우고 자극적인 섹스를 할 수 있을까 고민하는 새끼들이 원로원 늙은이들이다. 마법으로 더한 쾌락과 자극을 만들어가며 지들 똥구멍에 지팡이나 쑤셔대는 것이 그 씨발놈들이란 말이다. 내가 왜 그런 새끼들의 허락을 구해야 하나?"

아벨이 신랄한 어조로 쏘아붙였다. 그 말에 로이드가 뭐라 반박하지 못하고 입술을 뻐끔거렸다. 그런 로이드를 보며 아벨이 낄낄 웃었다.

"뭐. 사실 모든 원로가 똥구멍에 지팡이를 쑤셔대고 섹스에

아벨 239

미친 것은 아니지. 하지만 아주 틀린 말은 아니야. 요즘 원로원들 사이에서 가장 인기 많은 주제가 뭔지 아나? 극상의 쾌락을 느끼게끔 해주는 섹스 키메라다. 그게 무슨 말인지 알겠나? 슬라임으로 만든 여성기에 늙은 거시기를 처박는다는 말이지."

"그만…… 그만!"

"다 조져버릴 수도 없고 말이야."

아벨은 머리를 쥐어뜯으며 탄식을 흘리는 로이드를 무시하며 이성민을 보았다.

갑작스레 마법사 길드 원로원들에 대한 질 나쁜 이야기를 듣게 된 이성민의 표정은 그리 좋지 않았다.

"이건 그리에스라 하는 마도서다. 알고 있나?"

"……마법사 길드가 가지고 있는 마도서 중 하나로 압니다. 김종현이 가지고 도망갔다는 그리모어와 쌍둥이인."

"기본 지식은 알고 있는 모양이로군. 내가 왜 이것을 꺼낸 것인지 아나?"

"모릅니다."

"종언에 대해 말하기 위해서다."

아벨은 그렇게 말하며 그리에스를 손으로 넘겼다.

탄식을 흘리던 로이드는 언제 그랬냐는 냥 눈을 부릅뜨고서 넘겨지는 그리에스의 책장을 보았다.

그리에스는 그리모어와 마찬가지로, 마법사 길드에서 보관하고 있었지만 여태까지 거의 연구가 진행되지 않았던 물건이다.

"그리에스를 해석하신 겁니까?"

"일부만. 그리에스는 고약하고 불완전한 마도서다. 그리모어도 그렇겠지만 말이야. 평범한 방법으로는 사용할 수가 없어."

"그렇다면 어떻게……?"

"그리에스가 마법 발동으로 요구하는 것은 수명이다."

아벨은 조금의 동요 없는 표정으로 대답했다. 그 말에 로이드의 얼굴이 하얗게 질렸다. 그는 주춤주춤 뒤로 물러서며 물었다.

"설마…… 길드장님. 저를 이곳까지 데리고 온 것은, 그리에스를 사용하기 위한 제물로 삼기 위해서……?"

"개소리하지 말고 앉아. 나를 위한 마법을 쓰는 것인데 왜 네 수명을 요구하겠느냐?"

"그렇다면……?"

"내 수명을 쓰는 것이니 쫄지 마라."

아벨은 그렇게 말하며 책장을 넘기던 것을 멈추었다.

대기 중의 마나가 꿈틀거린다.

이성민은 대체 무슨 일을 벌이려 하는 것인지 몰라 경계 어린 눈으로 아벨을 노려보았다.

"무슨 짓을 하려는 겁니까?"

"결계를 친다. 종언의 사도가 개입하지 못하도록 말이야."

아벨은 그렇게 대답하며 영창을 시작했다. 그러자 그리에스가 새하얀 빛에 휩감겼다.

이성민의 곁에 서서 뒷짐을 지고 서 있던 사마련주는, 빛을 내는 그리에스와 영창을 이어나가는 아벨을 보며 중얼거렸다.

"본좌는 여태까지 마법사라는 족속을 그리 대단하다고 생각해 오지 않았다. 하지만 오늘로 그런 편견이 깨지게 되었군. 본좌의 식견이 좁았던 것이야."

사마련주가 그렇게 말할 만도 했다. 그리에스의 힘을 통제하고 있는 아벨에게서 흘러나오는 거대한 마력은, 이성민이 보았던 그 어떤 마법사들보다 강대했다.

엔비루스도 마법이라는 분야에서 정점에 선 인물이기는 했으나, 지금의 아벨이 보여주는 마력은 엔비루스보다 훨씬 더 거대했다.

"수명을 쓴다니…… 너무 위험하지 않습니까……?"

"문제없다. 내 수명이 얼마나 남았는지는 내가 잘 알고 있어. 이 정도 수명을 쓴다고 해서 죽지는 않는다."

영창을 끝내고, 아벨이 대답했다. 결계를 친다고 했지만, 크게 변한 것은 없었다. 하지만 아벨은 조금 지친 기색으로 의자에 털썩 앉았다.

"이야기를 나눌 동안은 충분히 지속되겠지."

"……종언의 사도, 라고 하셨습니까?"

"너도 몇 번인가 느껴본 적이 있겠지. 혹은 너에게 이 이야기를 해주려는 이들이, 죽음을 느끼고서 말을 그만두었던 것을 본 적이 있을 거다."

많이 보아왔다. 그런 식으로 이성민은 자신의 궁금증에 도달하지 못했었다.

"이 결계는 불완전하다고는 해도 종언의 사도의 개입을 가로막는다. 즉, 내가 알고 있는 것들을 너에게 말해 줄 수 있다는 말이지."

"당신은 모든 것을 알고 있다는 겁니까?"

"전부를 안다는 오만한 말은 하지 않아."

아벨은 그렇게 중얼거리며 사마련주를 보았다.

"내가 왜 련주를 이곳에 불렀는지 알고 있소?"

"본좌의 힘이 도움이 된다고 여긴 모양이지."

"그렇기도 하지. 련주, 당신은 인간 중에서 가장 강한 힘을 가진 인물 중 하나니까 말이오."

"이유가 그것이 전부는 아닌 모양이군."

"당신이 요정의 여왕과 관계를 맺고 있다는 것은 알고 있소."

아벨이 대답했다.

"종언이 가까이 왔소."

아벨의 시선이 이성민에게 돌아갔다.

"련주, 당신의 힘과 요정 여왕과의 관계. 나는 그 모든 것이 종언을 막기 위한 것이라고 희망하고 있소. 확신은 없지만 말이야."

"그것도 운명이라는 겁니까?"

"적어도 너와 연관되어 있는 이상 하나의 운명이라고 생각한다."

이성민이 질문했고, 아벨이 대답했다. 그는 미간을 찡그리며 말을 이어나갔다.

"너는 전생에서 죽었고, 어떠한 방법으로 인해 과거로 돌아왔다. 네가 '기억하는' 미래와 이 세상에서 일어난 실제 미래는 상당 부분 다르겠지. 그 이유가 무엇이라고 생각하나?"

"······나."

"그래. 너다. 네가 전생과 똑같이 살았다면 아무런 변화도 일어나지 않았을 거야. 네가 기억하는 대로 흘러갔겠지. 하지만 너는 그렇게 행동하지 않았어. 네가 달라졌기에 네가 기억하는 세상이 달라졌다."

그에 대해서는 이성민도 이미 자각하고 있다. 이 세상은, 이성민이 기억하던 미래와 많은 부분이 달라졌다.

그것은 과거로 돌아온 이성민이 전혀 다른 삶을 살았기 때문이다. 그러한 작은 변화가 멀리 퍼져나가며 커다란 왜곡을 만들어냈다.

"너는 정해져 있던 이 세상 운명의 왜곡이고, 변수며, 특이

점이었다. 네가 과거로 돌아온 순간부터 이 세상의 운명은 너라는 존재에 휘말리게 되었어."

"……그게 종언과 무슨 상관이 있는 겁니까?"

"너는 관측자다."

아벨이 다시 말을 이어나갔다.

"네가 과거로 돌아온 시점부터. 너는 이 세상 운명의 관측자가 되었던 것이다. 관측자인 네가 다른 행동을 해나간 덕에 운명의 흐름이 바뀌었고. 네가 전생에서 죽은 시점을 넘은 이후로, 너로 인해 변해버린 세상은 네가 '모르는' 세상으로 나아가게 된 거지."

아벨은 그렇게 중얼거리며 큭큭 웃었다.

"그래. 과거로 돌아온 너. 쭉 살아와 네가 죽은 시기 이후의 세계. 관측자인 네가 모르는 세계."

아벨의 웃음이 높아졌다.

"그게 종언인 것이다."

아벨의 말을 이해하지 못한 것은 아니었다. 죽어서 과거로 돌아온 자신의 존재. 만났던 이마다 귀에 딱지가 박히도록 들어왔다.

이성민은 침묵했다. 과거로 돌아왔다. 이 세계가 앞으로 13년간 어떤 식으로 흘러갈지를 알고 있었다.

그래. 이 세상에서 이성민만이 유일하게, 13년 동안의 미래를 알고 있었다.

그렇게 이성민은 앞으로 13년 동안의 미래에 대한 관측자가 되었다.

하지만 이성민은 과거와 똑같이 살지 않았다.

삼류 C급 용병이었던 이성민은 초월지경의 고수가 되었다. 위지호연과 만났다. 죽어야 할 백소고가 이성민에 의해 살게 되었다. 그 외에도, 이성민이 개입하면서 무수히 많은 변화가 만들어졌다.

이성민이 직접 개입한 것 외에도 많은 것들이 이성민으로 인해 변했을 것이다.

기억대로 흘러야 할 운명이 이성민으로 인해 다르게 흘러갔다.

왜곡과 변수. 그리고 이성민이 기억하는 13년의 미래가 끝났다. 이성민은 27살이 되었고, 앞으로 무슨 일이 일어나는가에 대해서 이성민은 알지 못한다.

그것이 종언이다.

"……내가 종언을 불러오는 겁니까?"

"'너'가 아닌, 과거로 돌아온 회귀자가 종언을 불러오는 것이지."

"그렇다면. 내 전생에서의 세상은? 그 세상에서도 종언이 존재했다는 겁니까?"

"그럴지도 모르지."

그에 대해서 확인할 방법은 없다. 전생의 돌. 그것은 던전에 출현하던 것이었으니까. 만약 다른 누군가가 전생의 돌을 잡았고, 죽어서…… 전생에 이성민이 살았던 세계로 회귀했다면? 그렇다면, 그 누군지 모르는 관측자가 기억하는 시점 이후에서 또 다른 종언이 찾아왔을지도 모른다.

"내가 죽었어야 했던 겁니까?"

이성민이 멍한 목소리로 물었다. 그 누구도 제대로 말해주지 않았던 사실을 아벨이 말해주었다.

과거로 돌아온 이성민의 존재가, 이 세상에 종언을 불러온 것이다.

그렇다면? 만약 이전에 이성민이 죽었다면 어떻게 되었을까. 이성민이 먼저 죽었더라면, 종언은 찾아오지 않았던 것일까?

"운명의 가호가 너를 지키고 있었다. 지금 이전에 너는 죽고 싶어도 죽을 수 없었던 몸이었다. 짚이는 일은 없나?"

그 질문에 이성민은 다시 입을 다물었다. 짚이는 것은 얼마든지 있다. 27살이 되기 전. 14살부터 13년을 살았을 때, 이성민은 다양한 위기를 겪어 왔다.

하지만 그중에서 진짜로 죽음을 맞이했던 적은 없었다. 운명은 몇 번이고 이성민을 위기에서 구해주었다.

프레스칸에게 죽을 뻔했을 때에도. 그 이후에는 검은 심장이. 사마련주가 개입하여 이성민을 구했던 적도 있었다.

"……내가 여태까지 살아올 수 있었던 것은, 운명의 가호 덕분이었던 겁니까?"

"너는 네가 죽을 나이까지. 네가 기억하는 시간대까지 살아 남아야 할 존재였다. 네가 모르는 세상에 도달함으로써 종언이 시작되는 것이니까. 하지만 앞으로는 아니야. 운명은 더 이상 너를 가호해 주지 않을 것이다. 이 시간대에 도달한 시점에서부터 너의 존재 가치는 사라졌으니까."

아벨은 그렇게 중얼거리며 웃음을 터뜨렸다.

"그래서 내 형님이 병신이라는 것이다. 파멸적인 죽음의 운명을 맞닥뜨리고 싶지 않아 도망쳤고, 결국 휘말려버렸지. 아무것도 모르고 너를 죽이려 했는데…… 죽일 수 있을 리가 없었지. 너를 가호하고 있었던 것은, 내 형님이 그토록 피하고 싶어 했던 그 운명이었으니까."

아벨은 그렇게 중얼거렸다. 잠깐의 침묵 끝에 아벨이 입을 열었다.

"이 세상은 기묘한 곳이오."

아벨의 눈가가 찡그려졌다.

"에리아. 이 세상은 매일매일 다른 차원에서 사람을 소환하오. 무공, 마법사, 과학. 하지만 그중 결여된 것이 있소. 그게 무엇이라 생각하오?"

"과학."

"맞소. 무공이나 마법에 비해 에리아에 소환되는 이들 중 과학자의 비중은 거의 없소. 우리가 노 클래스라고 부르는 이들. 무공도 없고, 마법도 존재하지 않는 세상에서 불려온 이들. 그들은 자신들이 살았던 문명을 기억하면서도 과학에 대해서는 거의 무지하지."

그 말대로였다. 이성민도 21세기의 한국에서 살았던 몸이다. 오래전이라고는 해도 또렷이 기억하고 있다. 하늘을 나는 비행기. 자동차. 기차. 그것부터 해서 총 같은 무기들도.

"에리아는 무작위로 사람을 불러들이는 것이 아니오. 생각해 보시오. 무공이나 마법은 개인의 힘이오. 아무리 뛰어난 무공서나 마법서를 익힌다고 해도 가진 재능이 별 볼 일 없다면 제대로 익히는 것도 불가능하지. 선택된 천재들만이 그것들을 우수히 다룰 수 있소. 하지만 과학은? 그것들로 인해 만들어진 기술은? 그것을 쓰는 것에는 대단한 자질은 필요 없소. 완성된 것이라면 말이오."

아벨은 목이 타는 것인지 준비되어 있던 찻물을 단숨에 들이켰다.

"물론 우리는. 그들의 이야기로 들은 터무니없는 것들을 마법과 결합하여 어느 정도 완성시키고 발전시켜가고 있소. 마력으로 움직이는 열차도 그렇고. 마법사 길드에서는 '비행기'

라 불리는, 수많은 사람을 태우고 하늘을 마음껏 날아다니는 기계에 대해 연구하고 있지. 그런 식으로 밸런스가 맞춰지는 것이라 생각하오. 수준 높은 과학기술을 마법으로 대체해 나가면서. 이 세계는…… 그런 세계라고. 나는 생각하고 있소."

"마법과 무공, 과학이 공존하는 세계로 설계되었다는 말인가?"

"그렇소. 무공이 존재하는 세계에서는 마법이 거의 존재하지 않았다더군. 그건 마법 쪽에서도 그렇소. 마법이 득세한 세계에서는 무공 같은 수준 높은 몸 기술이 거의 발전하지 않았소."

"……내가 살았던 세계에서도 마법과 무공은 존재하지 않았습니다."

이성민의 대답에 아벨이 다시 한번 머리를 끄덕거렸다.

"누군가가 이 세상을 창조하고, 이 세상에 각 차원에서 적합한 이들을 소환하고 있는 것은 분명하오. 그것으로 인해 마법과 무공이나 기술이 섞이고, 발전하는 것은 틀림없는 사실이지. 기술 쪽이 크게 낙후되었다고는 하지만. 마법이 결합되면서 전혀 다른 방향으로 발전하고 있소."

"구파일방의 무공."

사마련주가 입을 열었다.

"같은 무당파의 무공, 같은 이름을 가진 검식이라 해도. 서로 살았던 차원이 다르다면 같은 검식이라 해도 많은 차이점이 존재하지. 시조 장삼봉이 만든 무공이라 해도 차이점이 많아. 그런 무공들은 에리아의 무당파 안에서 다시 해석되며 서로 합쳐지고 있네."

"그건 마법도 마찬가지요. 똑같은 파이어볼이라고 해도 세세한 술식이나 마나의 배열이 다르오. 마법사 길드가 꾸준히 새로이 소환된 마법사를 영입하는 이유는, 그들의 마법과 기존의 마법이 얼마나 다른가. 무엇이 다르고 어느 쪽이 우수한가를 따지고, 더욱 발전시키기 위함이오. 마치…… 이 세상에 살아가고 있는 우리를 사용해, '완전'에 가까운 무공이나 마법을 만들려는 것 같지 않소?"

"우리가 사육되고 있다는 것인가?"

"그럴지도 모르지."

공기가 무겁다.

"……종언은 무엇인가?"

사마련주가 입을 열었다.

"세상의 멸망? 이해가 잘 되지 않아. 저 머저리 같은 제자가 과거로 돌아왔기에 종언이 예정되었다고? 아니, 그건 아니겠지. 애초에 이 세상에는 그런 종언이 예정되어 있었다는 것일 텐데. 왜 그런 것이 예정되어 있는 것인가?"

"종언이 무엇인지는 나도 잘 모르겠소. 종언의 '사도'가 존재하는 이상, 종언이라는 것은…… 어쩌면 그 사도가 강림하여

이 세상 모두를 다 죽여 버리는 것일지도 모르지. 하지만 이건 추측일 뿐이오. 종언이 어떤 식으로 찾아오는 것인지, 왜 그런 것이 존재하는 것인지도 모르겠소. 하지만 나는 죽고 싶은 마음은 없소."

아벨이 힘을 주어 말했다. 아벨의 이야기는 그것으로 끝이었다. 종언이 무엇인지. 그 정확한 것에 대해서는 아벨도 전부 알고 있는 것은 아니었다.

"······이것에 대해 아십니까?"

이성민은 품 안에 손을 집어넣었다. 그가 꺼낸 것은 황금색의 열쇠였다. 아벨이 머리를 갸웃거리자, 이성민은 열쇠에 대해 설명해 주었다.

전생의 돌을 얻었던 던전에 들어가, 돌을 잡은 순간 열쇠로 변해버렸노라고.

"······뭔지 모르겠군."

아벨은 열쇠를 노려보면서 중얼거렸다. 귀속 마법이 걸려 있다는 말을 미리 들은 덕에, 아벨은 열쇠에 손을 대지는 않았다.

아벨은 마법을 사용해 열쇠를 탐지해 보았지만.

"안 되는군."

아벨이 짜증스러운 목소리로 중얼거렸다.

"심상치 않은 물건임은 틀림없지만. 무엇인지 알 수가 없어."

아벨은 빠르게 포기했다. 워낙에 포기가 빨라 이성민은 조금 당황하여 질문했다.

"더 안 해보십니까?"

"나는 이 세상에서 가장 뛰어난 마법사다. 내가 해봐서 안 되는 것이면 그 어떤 마법사도 이게 뭔지 알아낼 수 없는 것이니, 더 힘을 쓸 필요도 없다."

오만하기 짝이 없는 말이었다.

"어찌 되었든. 련주, 나는 죽고 싶지는 않소. 그러니 종언에 저항하는 것이고. 기왕이면 련주가 힘을 보태어 줬으면 좋겠군."

"뭔지도 모를 종언을 상대로 연합이라도 맺자는 것인가?"

"손 놓고 기다리는 것보다는 낫지 않소?"

"그건 그렇지."

사마련주가 머리를 끄덕거렸다. 그는 곁에 앉은 이성민을 힐긋 보았다. 아랫입술을 잘근잘근 씹어대는 이성민을 향해 사마련주가 말을 걸었다.

"머저리 같은 생각은 하지 마라."

"제가 무슨 생각을 하는지 모르시지 않습니까."

"자책하지 말란 말이다."

툭 내뱉는 말에 이성민의 말문이 막혔다.

"네가 이 세상에 종언을 불러왔다고는 하나. 그 책임이 너에게 있는 것은 아니지. 너 역시 휘말렸을 뿐이니까. 그리고……

네 역할은 지금까지 살아남아 종언을 불러오는 것이 전부는
아닐 거다."

"그게 무슨 말이십니까?"

"오슬라가 너에게 말했을 텐데. 너는 언젠가 선택을 내려야
할 것이라고."

확실히. 요정의 숲에서 만난 오슬라는 이성민에게 그런 말
을 했었다.

안쓰러운 존재라고. 그리고, 충실하라는 말도 했다. 나중에
후회하지 않도록 매일을 충실하게 살라고.

오슬라는 종언의 사도에 대해 오랜 약속이라고 말했었다.
즉, 종언은 오래전부터 정해져 있던 것이라는 말이다.

종언은 끝.

종언의 사도는 끝을 이행하는 자.

나는?

그때의 질문에 오슬라는 아무런 대답도 해주지 못했다. 그로
인해, 이성민은 자신이 종언의 사도가 아닐까 생각해 왔었다.

그 말은 어느 정도는 맞았다. 이성민이 지금까지 살아온 덕
에 이 세상은 종언이라는 운명을 맞닥뜨리게 되었으니까.

하지만.

아직은 정해진 것이 없다.

오슬라는 틀림없이 그렇게 말했었다. 므쉬도 오슬라와 비슷한 말을 했었다.

왜 네가 다시 돌아온 것일까.

무언가 착오가 있던 것이 아닌가?

이 세상에 우연 따위는 존재하지 않는다.

과거로 돌아온 것이라면 과거로 돌아와야 할 이유가 있는 법이다.

돌아왔다면 돌아와야 할 만한 일이 벌어진다는 것이고, 돌아왔다면 준비해야 할 것이다.

'돌아온 이유에 걸맞은 존재가 되기 위해.'

아벨이 말했었다. 이 시간대에 도달한 이상, 이성민에게 존재 가치는 사라졌다고.

이성민의 존재 가치는 13년 이상의 세월을 살아, 자신이 모르는 세계를 관측하는 것이 전부였다. 하지만 므쉬와 오슬라는 이미 예전에 이성민에게 말했었다.

'사라지지 않았어.'

이성민은 아랫입술을 잘근 씹었다. 그래, 사라지지 않았다. 아직 이성민은 과거로 돌아와야 할 만한 일을 겪지 못했다.

돌아온 이유에 걸맞은 존재가 되지도 못했다. 아직은 정해진 것이 없다. 오슬라가 했던 말을 다시 떠올린다.

정해진 것은 없다던 그 말을.

사마련주는 생각에 잠겨 있었다. 그는 아벨의 모든 이야기를 들었고, 자신의 제자를 중심으로 일어나려 하는, 아니, 일어났던 모든 일들을 얼추 이해했다.

사마련주는 평생을 무에 정진했고, 백 년 전에는 레그로 숲에 은거했다.

삶의 대부분을 무의 길을 걸어, 그 누구보다 높고 완전한 곳에 닿는 것만을 위하였다. 그런 그였기에, '종언'이라는 것은 낯선 말이었다.

"흠."

사마련주는 가면을 어루만지며 생각에 잠겼다.

종언. 그 무조건적인 끝이라는 것은, 사마련주에게 있어서는 그리 유쾌하게 다가오지는 않았다.

"뭔지도 모를 것에 죽어야 한다는 것은 기분 나쁘군."

사마련주가 중얼거렸다. 그는 바로 앞에 앉아 있는 아벨을 향해 물었다.

"그대가 하는 말은 이해했네. 종언…… 종언. 그 뭔지도 모를 것은 이 세상의 무조건적인 끝이며, 본좌의 무능한 제자가 종언을 이끌어 온 장본인이라는 것도."

하지만. 사마련주가 머리를 가로저었다.

"본좌의 제자가 더 이상 쓸모가 없다, 라는 말에는 동의할 수가 없겠군. 본좌는 그대를 꽤 존중할 생각이네만, 그렇다고 하여 본좌의 제자를 폄하하지는 말게."

"……그런 뜻으로 한 말은 아니오."

"저 녀석은 신비로운 녀석이야."

사마련주가 이성민을 힐긋 보며 말했다.

"본좌가 저 얼간이를 제자로 들인 것은…… 흠. 본좌는 우연이라고 생각했네만, 그대의 말을 통해 생각해 보니 우연이라고 할 수는 없겠군. 그, 운명이라는 것이 저 녀석을 비호해서. 저 녀석이 죽어야 할 상황에서 죽지 않고, 우연히 본좌의 눈에 들어 목숨을 부지하여 제자가 되었다. 이거겠지."

"나는 당신과 귀창의 인연에 대해서는 알지 못하오. 궁금하지도 않고. 다만, 종언이 머지않았음은 틀림없는바. 이미 운명이 흐르기 시작하였……."

"당신은."

침묵하고 있던 이성민이 입을 열었다. 그는 두 눈을 가늘게 뜨고서 아벨을 보았다.

"당신의 형과 크게 다를 것은 없군요."

"……무슨 뜻으로 하는 말인가?"

"당신의 형 역시, 운명이니 뭐니 하면서 나를 죽이려고 들었습니다."

"알아."

아벨이 한숨을 내쉬었다. 그는 앉은 몸을 뒤로 기울이며 벅벅 머리를 긁었다. 잠깐 동안 생각에 잠겨 있던 아벨은, 품을 뒤적거리더니 큼직한 파이프를 꺼냈다.

"펴도 상관없겠소?"

"얼마든지."

사마련주의 말에 아벨은 곧바로 파이프를 물었다. 아벨이 뻑뻑거리며 연기를 빠는 동안, 아벨과 함께 이곳에 온 로이드는 가시방석에 앉은 것 같은 기분을 느껴야만 했다.

그 역시 종언이라는 것에 대해 알지 못했고, 어쩌다 보니 길드장인 아벨과 함께 이곳에 온 것에 지나지 않았기 때문이었다.

"……좋아. 인정할 것은 인정하자고. 내 행동의 일부분이, 내 병신 같은 형님과 닮아 있다는 것은 인정하겠어. 하지만 말이야. 내 형님은 스스로의 죽음이 두려워, 자신의 운명을 버리고 도망쳤다만…… 나는 아니야."

"당신은 어쩌고 싶은 겁니까?"

"까놓고 말해서, 나는 죽어도 상관은 없다. 목숨에 크게 미련은 없어."

희뿌연 연기 너머에서 아벨이 내뱉었다. 그의 두 눈은 무기력해 보이던 엔비루스와는 확실하게 다른 빛을 품고 있었다.

"하지만 나 하나가 아니라 이 세상 전부가 죽는다면. 나는 말이다, 그렇게 될 것을 '알면서' 가만히 있고 싶지 않은 거다."

희뿌연 연기를 손으로 헤치면서 아벨은 낮은 웃음을 흘렸다.

"내 형님이 아무 짓도 하지 않았다고는 말하지 않으마. 형님도, 형님 나름대로. 종언을 막기 위해서 고군분투했던 것은 사실이니까. 하지만 형님이 가장 우선했던 것은 종언을 막는 것이 아닌 자기 자신의 목숨이었다. 지금 와서는 크게 의미가 없게 되었지만 말이다. 마나의 맹세를 어긴 것은 마법사에게는 치명적인 일이니."

"……크흠."

로이드가 불편하다는 듯 헛기침을 뱉었다. 사정을 완전히 모르는 그로서는, 마법을 가르쳐 준 스승인 엔비루스에 대한 욕들을 웃으며 들을 수가 없었기 때문이다.

아벨은 그런 로이드를 흘겨보며 내뱉었다.

"네게 마법을 가르친 내 형님은 병신새끼였다. 마법의 재능은 뛰어났지만, 결국 자기 자신밖에 모르는 얼간이였지."

"당신은 다르다는 겁니까?"

"다르려 노력하고 있지."

이성민의 물음에 아벨이 큰 소리로 웃으며 대답했다.

"종언은 정해진 것이고, 시작되기 전까지는 막을 방법이 없다. 하지만 이제는 때가 되었으니…… 막도록 해봐야지. 그래, 사과할 것은 사과해야지. 네게 존재 가치가 없다고 했던 것은 사과하마. 요정의 여왕이 너에게 그런 말을 하였다면 그럴 만한 이유가 있을 거야. 또, 그 열쇠도. 뭔지는 모르겠지만…… 전생의 돌이 변환된 것이니, 분명 어떻게든 써먹을 곳이 있겠지."

"힘을 합치자고 했었지."

사마련주가 목소리를 냈다.

"뭔지도 모를 종언에 맞서기 위해 힘을 합친다. 상대가 명확하지도 않거니와, 도대체 언제부터 종언이라는 것이 시작될지 모르는데. 대체 어떤 식으로 대비해야 한다는 건가?"

"의식하는 것."

아벨이 답했다.

"사마련주, 당신의 말대로, 종언이 어떤 식으로 찾아올지는 모르는 일이오. 어쩌면 이미 시작되었을지도 모르지. 우리가 모르는 사이에 말이오. 이 세상은 빌어먹게도 넓지 않소?"

"감이 안 잡히는군."

"그건 나도 마찬가지요. 대뜸 운석이 떨어져 세상이 망하는 것도 아니고, 마왕이 강림하는 것도 아니니까. 그 어떤 것도 확정되지 않았소. 그러니 일단은 의식해야 한다는 것이오. 종언은 반드시 오는 것이오. 우리는 그것을 반드시……."

"막아야 한다?"

사마련주가 피식 웃으며 물었다.

"그대는 뭔가를 착각하고 있군. 여태까지 그대의 이야기를 모두 듣기는 하였으나, 본좌는 그대와 함께 종언을 막겠다고 한 적은 없네."

"……뭐요?"

"본좌는 이미 살 만큼 살았네. 미련이 없는 것은 아니지만, 어쩔 수 없는 죽음이라면 받아들여야지. 반드시 정해진 끝이라면 말이야."

"아까는 그렇게 끝난다면 기분 나쁘다고 하지 않았소?"

"기분이 나쁜 것은 나쁜 것이고. 세상 모든 일을 어찌 기분 좋게 받아들일 수 있겠나? 어쩔 수 없는 것은 어쩔 수 없는 거야. 본좌는 어린애가 아니니까, 그 정도는 이해하고 있네."

"세상 사람들이 죄다 죽어도 상관없다는 것이오?!"

"그들이 본좌에게 무엇을 해주었나?"

사마련주가 되물었다.

"본좌의 부모는 오래전에 죽었네. 본좌의 무공은 본좌 스스로가 창안했지. 세상은 본좌에게 무언가를 해주지 않았어. 그런데 왜 본좌가 그들을 챙겨야 하는가?"

사마련주가 묻는 말에 아벨은 말문이 막혔다. 불안하게 떨리는 아벨의 눈동자를 보면서 사마련주가 말을 이었다.

"착각하지 말게. 본좌의 별호는 마황이고, 사파연합인 사마련의 련주를 맡고 있네. 사파의 '사(邪)'는 간사하고 옳지 않아 사이고, 마황이라는 별호의 '마(魔)'는 마귀와 악귀를 말하네. '황(皇)'은 황제의 황. 본좌는 마귀와 악귀의 황제이며, 간사하고 옳지 않은 쓰레기들의 정점에 서 있지. 그런 본좌에게 올바른 선택. 세상을 위하라는 인류애를 강요하지 말게."

"하지만……!"

"그만."

사마련주가 머리를 가로저었다.

"그대는 본좌를 설득할 수 없네. 본좌를 설득할 수 있는 것은, 흠…… 그래. 본좌의 무능한 제자와 먼 곳에 있는 요정의 숲에서 살아가는 쬐그만 요정들과 그들의 여왕뿐이지."

대뜸 사마련주의 말이 이성민에게 향했다.

이성민은 움찔 놀라 사마련주를 보았다. 가면 너머에서 사마련주의 두 눈이 웃는 것이 보였다.

"멍청한 제자야. 너는 네 스승이 어찌했으면 좋겠느냐?"

"……왜 저한테 그것을 물으시는 겁니까?"

"네 선택이 중요하다고 생각하기 때문이다."

이성민이 묻는 말에, 사마련주는 머뭇거림 없이 대답했다.

"오슬라가 말하지 않았나. 너는 언젠가 선택을 내려야 할 것이라고. 본좌는 오슬라가 말한, 그 선택의 때가 언제인지는 모른다. 종언? 운명? 본좌는 그딴 것을 몰라. 하지만 오슬라는 존중한다. 너도, 아주 조금은."

사마련주가 엄지와 검지 사이에 살짝 틈을 주고서 이성민을 향해 들어 보였다.

"이 정도는 존중하고 있다. 그러니 네가 선택해라. 본좌가 어찌해야 할지."

"……제 대답이야 뻔히 알고 계시지 않습니까?"

"그 뻔한 선택을 입으로 말하란 말이다."

"나는 죽고 싶지 않습니다."

이성민은 한숨과 함께 말했다.

"왜 나한테 이런 일이 벌어진 것인지. 왜 내가 이런 일에 휘말린 것인지. 그때, 전생의 돌을 잡아 과거로 돌아온 것이 잘못된 것인지. ……모릅니다. 모르겠습니다. 하지만 나는 죽고 싶지 않습니다. 기껏 과거로 돌아왔고, 전생보다…… 가치 있는 삶을 살게 되었는데. 그런 세상이 망하게 두고 싶지는 않습니다."

"그렇다는군."

이성민의 대답에 사마련주는 껄껄 웃었다. 그는 이성민이 저런 선택을 내릴 것을 당연히 알고 있었다.

이성민은 그것을 뻔히 아는 사마련주가 대답을 강요한 것이 짓궂다고 느꼈다.

"종언이라는 것이 찾아온다면 막기 위해 노력하도록 하지.

그래서. 그대들은 앞으로 어쩔 텐가? 사마련에 남아 종언이 찾아오는 것을 기다리기라도 할 텐가?"

"……무당에 갈 생각이오."

사마련주의 질문에 아벨은 못마땅하단 표정을 지으며 대답했다.

"검선의 힘은 도움이 될 테니까."

"왜 무림맹에는 가지 않는 겁니까?"

질문한 것은 이성민이었다. 천외천과 적대관계이기는 하지만, 현재 무림에서 가장 큰 힘을 가진 것은 천외천일 것이다.

이성민에 의해 육존자 중 셋이 죽었다고는 해도, 아직 천외천에는 무신과 흑룡협을 포함해 다섯의 초월지경 고수가 있다.

이성민의 질문에 아벨이 머리를 가로저었다.

"천외천이라는 집단에 대해서는 알고 있지만. 그들을 신뢰할 수는 없다."

"어째서?"

"그들이 예측하고 바라는 미래가 어떤 미래인지 알 수가 없으니까."

아벨은 그리에스를 손으로 가리켰다.

"나는 그리에스에 수명을 바쳐가며 내가 보지 못하는 것을 엿보고 있지. 종언의 정체나 관측자인 너에 대해 파악한 것도 그리에스에 수명을 퍼준 탓이다. 하지만…… 그리에스의 마법으로도 미래를 엿볼 수는 없다."

"……천외천이 미래를 보고 있다는 겁니까?"

"확실하지는 않아. 하지만 그들의 움직임은, 미래는 아니어도 무언가 목적을 가지고 움직이고 있다는 것은 확실해. 그리고 그들의 목적은 누군가에게 집중되어 있지."

"소천마로군."

사마련주가 고개를 끄덕거렸다.

"천외천이 왜 그 계집에게 집착하는 것인지는 모르겠지만."

"그들의 목적을 모르는 이상, 나로서는 선뜻 그들과 접촉하고 싶지는 않소. 마찬가지로 프레데터의 뱀파이어 퀸도 껄끄러운 상대지."

아벨이 눈썹을 찡그렸다.

"뱀파이어 퀸은 미래를 보는 마안을 가지고 있소. 그녀가 대체 어떤 미래를 보았는지는 모르지만…… 그녀가 본 미래가 우리에게 호의적일 것 같지는 않아. 그녀는 북쪽에서 움직이지 않고 있는데…… 그만한 힘을 가진 괴물이 긴 시간 침묵해온 것은 그만한 이유가 있기 때문일 거요."

"상대적으로 검선이 만만하니까 찾아가겠다는 건가?"

"정파니까, 사파의 인물을 설득하는 것보다는 편할지도 모르지."

아벨의 비꼬는 말에 사마련주는 킬킬 웃기만 했다.

"배웅은 하지 않겠네. 하지만 말 정도는 해주지. 무당으로 가는 길은 머니까 조심하도록 하고…… 검선을 만만하게 여기지는 말게."

"충고 고맙소."

더 이상 결계를 유지할 필요는 없었다. 이미 종언에 대한 모든 것을 말하였고, 그 주제를 꺼내지 않는 이상 종언의 사도는 개입해 오지 않을 것이다.

그리에스가 다시 빛을 내뿜었고, 이 공간을 휘감고 있던 그리에스의 결계가 사라졌다.

"조금 쉬어야겠군."

아벨은 내려놓은 담뱃대를 다시 들어 입에 물었다. 사마련주는 앉았던 몸을 일으키며 이성민을 보았다.

"따라 나와라."

이성민은 사마련주와 함께 방에 나왔다. 방에 나온 순간, 사마련주가 이성민의 어깨를 잡고 전음을 보냈다.

[소천마.]

위지호연의 별호에, 이성민의 어깨가 살짝 떨렸다.

[그 계집을 찾아야겠다.]

당황하지는 않았다. 천외천은 노골적으로 위지호연을 노려왔다. 그들이 대체 무엇을 노리는 것인지는 모르나, 그들의 목적에 위지호연이 연결되어 있음은 틀림없는 사실이었다.

"사실 본좌는 그 계집을 어찌하고 싶은 마음도 없었고, 천외천을 방해하고 싶지도 않았다."

그것은 틀림없는 사실이었다. 애초에 사마련주가 천외천을 방해할 생각이었더라면, 위지호연을 절대로 곁에서 떼어놓지 않았을 것이다.

하지만 사마련주가 했던 것은 철저한 방관과 방목이었다.

레그로 숲에서도 그랬다. 사실, 위지호연은 마음만 먹었더라면 언제든지 그 숲을 떠날 수 있었다. 그녀가 떠나지 않았던 것은 단순히 이성민이 그 숲에 남아 있었기 때문이었다.

"천외천의 목적이 뭔지는 모르겠지만. 놈들이 뭔 짓거리를 하든 본좌와는 상관이 없다고 여겼지. 그때의 본좌는 숲을 나갈 생각이 없었고, 천외천 놈들이 뭔 짓을 하려는지도 관심이 없었으니까."

"이제는 아니라는 겁니까?"

"네가 선택하지 않았느냐?"

이성민의 질문에 사마련주가 곧바로 질문으로 답했고, 이성민은 말문이 막혀 입을 다물었다. 잠깐의 침묵 뒤에 이성민은 한숨과 함께 투덜거렸다.

"왜 저에게 그런 말을 하신 것인지 모르겠습니다."

"말했던 대로다. 본좌는 오슬라의 말을 존중해. 너도 어느 정도는 존중하고. 네 선택이라는 것도 존중한다."

"그게 전부라는 겁니까?"

"아니. 그건 아니지."

사마련주가 큭큭 웃는 소리를 냈다.

"본좌에게는…… 그러니까, 계기라는 것이 필요했다. 본좌가 행동해야 할 계기. 말했듯이, 본좌는 종언이라는 것이 불쾌하기는 하지만 그것이 본좌가 행동하게 할 계기는 되지 않았어."

그 말에. 이성민은 여태까지 알지 못했던 사마련주의 일면을 보았다는 기분을 느꼈다.

동시에 그는 조금 납득이 안 가기도 하였다. 이성민이 여태까지 보아왔던 사마련주는 오만하고 자기중심적이었다.

그런 그가 타인에게 계기를 바란다는 것은 모순 아닌가?

"본좌가 하고 싶은 것은 한정되어 있거든."

이성민의 질문에, 사마련주는 긴 고민 따위는 하지 않고 곧바로 대답해 주었다.

"본좌가 하고 싶은 것은 무공 수련이다. 사실 생각해 보면, 그것 말고 본좌가 하고 싶은 것은 거의 없어."

사마련주는 그렇게 말하고선, 이성민의 두 눈을 들여 보았다.

"너도 알겠지."

"……무엇을 말입니까?"

"데니르의 시련은 잔혹하지. 시련을 받아 수행을 시작하여 도달하는 정신세계. 그 새하얀 세계에서는 오직 '나'만이 존재한다. 늘어나는 시간, 강제적으로 버텨야 하는 길고 긴 시간. 아무리 몰두해도 그 긴 시간을 보내는 것은 쉽지 않아. 자연스럽게…… 정신이 맛이 가버린다. 미쳐가는 정신을 붙잡기 위해 필사적으로 생각하고 또 생각하지. 생각을 잊는 것이 두려워, 어떻게든 자신을 붙잡기 위해 생각을 하게 돼."

안다. 이성민도 그랬었다. 다만, 이성민의 경우에는 여러 가지로 특별한 경우였다.

그것에 대해서는 시련을 준 당사자인 데니르도 경악했었다. 이성민의 정신은 데니르의 정신세계 안에서 몇 번이나 붕괴했었다.

하지만 붕괴한 정신은 시간이 지나면서 자연스레 회복되었고, 그 덕에 이성민은 2,100년이라는 긴 시간을 버틸 수 있었다.

하지만 다른 이들은 아니다. 엔비루스도, 사마련주도, 백소고도.

"본좌는 오직 무공만을 바라였지. 천하제일이 되겠다는 생각만 했다. 그 외의 대부분의 바람은 흐려졌어. 지금도 크게 다르지는 않다. 본좌가 련주로 있는 사마련을 신경 쓰기는 했다만, 그것도…… 크게 열중하지는 않았지. 네 사저인 묵섬광도 그런 식으로 미쳐버린 것이다."

이성민은 아랫입술을 잘근 씹었다.

웃으면서, 아무런 고민 없이 악을 근절하겠다고 말하던 백소고를 떠올린다.

백소고가 직접 한 말이다. 편협하고 아집만 남았노라고. 그녀 스스로도 자신의 비틀림을 인지하고 있다는 뜻이다.

앎에도 어쩔 수 없다. 천 년이라는 긴 시간 동안 백소고는 오직 그것만을 위하였다. 현실의 시간으로는 찰나일 뿐이라지만, 그녀가 정신세계에서 보낸 것은 천 년이라는 길고 긴 시간이다. 기존의 인격이 흐려지고, 그 긴 시간 동안 고찰하여 내린 망가져 버린 결론이 그녀를 지탱하는 신념이 되어 있다.

"불쌍하지."

사마련주는 큭큭 웃었다.

"이뤄질 수 없는 바람이다. 악을 근절하는 것 따위는 불가능해. 절대적인 올바름이라는 것은 이 세상에 존재하지 않아. 스스로를 정의의 기준으로 삼는 것은 광인(狂人)의 증명일 뿐이다."

므쉬의 산에서 처음 만났던 백소고를 떠올린다. 희미한 미소를 지으며, 나는 착한 사람이라고 말하던 그녀를. 착함이 정의가 되는 것일까.

이성민은 알 수가 없었다. 선과 악 따위, 그는 여태까지 살며 크게 신경을 써 본 적이 없었기 때문이었다.

"위지호연의 위치에 대해서는 알고 계십니까?"

백소고에 대한 생각은 잠시 뒤로 미루고서, 이성민은 위지호연에 대해 물었다. 가면의 눈구멍 너머로 사마련주가 눈매를 찡그렸다.

"본좌가 어찌 아느냐?"

"그럼 어떻게 그녀를 찾는단 말입니까?"

"정보를 수소문하다 보면 어디서 목격정보라도 나오겠지. 하지만 그때까지 무턱대고 기다리는 것도 귀찮군."

사마련주는 그렇게 중얼거리며 턱을 어루만졌다.

"무림맹이나 한 번 다녀오도록 할까."

"……예?"

"무림맹 말이다. 무신이 어디에 있는지는 모른다만, 천외천과 연결되어 있는 흑룡협은 무림맹에 있지. 놈을 잡아 심문한다면 무신이나 천외천에 대해 보다 자세히 알 수 있지 않겠느냐."

"……아니, 그러니까. 어떻게 흑룡협과 만난다는 겁니까?"

"뭘 고민하느냐. 그냥 찾아가면 되지."

"찾아가면 만날 수 있다는 겁니까?"

"만나기 싫다고 하면 어쩔 건데? 초월지경 고수 둘이 쳐들어가는데 무림맹이 막을 수 있으리라 생각하느냐?"

"……왜 둘입니까?"

이성민이 되묻자, 사마련주가 대뜸 손을 들어 올렸다. 이성민은 자신도 모르게 움찔하여 뒤로 물러섰다.

사마련주는 들었던 손을 다시 아래로 내리며 한숨을 푹 내쉬었다.

"넌 어째 하나하나 다 설명을 해줘야 알아먹는 것이냐?"

"혹시나 해서 되물은 것뿐입니다."

"본좌가 가겠다는데 제자인 네가 가지 않겠다는 것이냐?"

"그러니까…… 스승님의 말. 저와 스승님, 단둘이서 다짜고짜 무림맹을 찾아가서. 맹주 흑룡협의 멱살을 잡고 제압해, 놈에게 천외천에 대해 묻는다……."

"그럴 생각이다만."

"뒷수습은 어찌하실 겁니까?"

"그건 놈들이 어떻게 하느냐에 따라 달렸지."

사마련주는 대수롭지 않다는 투로 말하였지만, 그렇게 말할 정도로 가벼운 말은 아니었다.

흑룡협을 제압하는 것은 이성민 혼자라면 몰라도, 사마련주가 직접 나선다면 크게 어려운 일은 아닐 것이다.

그 뒤에는?

"무림맹이 싸움을 걸어오는 것이야 크게 두렵지는 않다. 어쩌면 이번 일로 검선이 나설지도 모르는 일이기는 한데……

흠. 그건 그때 가서 생각해 보도록 하지."

"너무 대책 없는 것 아닙니까?"

"그렇다면 너는 그럴싸한 대책을 가지고 있느냐? 뭔지도 모를 종언이 다가오고 있고, 그 종언에 대항하기 위해 우리가 뭘 해야 한다는 말이냐."

"오슬라를 찾아가는 것은 어떻습니까?"

"글쎄다. 찾아간다고 해서 만날 수 있을지도 의문이군. 오슬라가 숲을 나가달라고 하였기에 본좌가 이곳에 있는 것이다. 그녀가 우리를 만나고 싶지 않아 한다면, 어떤 수를 쓰든 간에 우리가 레그로 숲에 들어가는 것은 불가능해. 그런 것보다는 차라리 위치가 확실한 흑룡협을 치는 것이 쉽고 빠르다."

"……알겠습니다."

결국 이성민은 머리를 끄덕거릴 수밖에 없었다.

당장 무림맹으로 쳐들어가는 것도 아니었기에, 이성민은 사마련주와 헤어져 백소고의 거처로 찾아갔다.

아침 해가 떠오를 때까지 함께 술을 마시고 많은 이야기를 나누었다. 그러면서 이성민은 백소고가 얼마나 많은 비틀림을 가지고 있는지 눈치챘다.

백소고의 신념에 공감하지는 않는다. 악을 근절하겠다는 그 말은 터무니없는 것이다.

안다. 하지만 천 년 동안, 미쳐버리는 것이 당연한 그 정신세계에서 오직 그것을 신념으로 삼아 버텨 온 백소고의 신념을.

일그러짐 가득한 신념을 정면에서 부정한다는 것은 이성민으로서는 할 수가 없는 일이었다.

쉽게 부정되지도 않을 것이고, 만약 신념을 부정하여 백소고에게 납득을 얻어낸다면.

그녀는 과연 어떻게 될까.

[결국 겁을 먹은 것 아니냐.]

허주가 이죽거렸다.

[너는 네 사저가 지금보다 더 크게 망가지는 것이 두려운 것이다. 또한, 네가 그녀의 신념을 부정하여 그녀에게 미움받는 것이 두려운 것이지.]

이성민은 아랫입술을 뿌득 씹었다.

[아니면 너는 은연중에 바라고 있는 것이다. 네 사저가 스스로 깨닫기를 말이야. 자기가 가진 신념이 얼마나 터무니없고, 바라는 이상이 얼마나 크게 왜곡된 것인지. 하지만 말이다. 스스로 깨닫는다고 해서 네 미쳐 버린 사저가 멈출 것이라 생각하느냐?]

'절망하겠지.'

[잘 아는군. 인정할 것은 인정해라. 네가 기억하는 사저는 더 이상 없어. 지금 남은 것은 천 년이라는 시간 동안 홀로 생각하여 혼자만의 결론을 내리고, 그것을 절대적인 답이라고

착각하고 있는 미치광이일 뿐이다.]

"그렇다면 내가 사저를 막아야 한다는 것이냐."

이성민이 내뱉었다.

"나는…… 모르겠다. 정의라는 것은 듣기에는 참 달콤한 말 아니냐."

[위선과 위악은 어쩔 테냐?]

"나에게 묻지 마."

이성민이 내뱉었다. 그는 백소고의 방문 앞에 섰다. 들으라는 식으로 헛기침을 한 뒤에, 이성민은 문을 두드렸다.

하지만 안에서는 답하는 소리가 들리지 않았다. 한 번 더 문을 두드려 보았음에도 반응은 없다. 아니, 사실은 알고 있었다. 이성민은 천천히 문을 열었다.

방은 텅 비어 있었다. 처음부터 비어 있었던 것처럼. 침상 위는 말끔하게 정리되어 있었고, 누군가가 이 방을 사용했던 흔적은 남아 있지 않았다.

이성민은 천천히 방 안으로 걸어 들어갔다. 이성민은 방 안을 쭉 둘러 보았다.

책상 위에 편지가 있었다. 이성민은 편지를 들어 올렸다. 먹물은 오래전에 말라 있었다. 아침에 헤어지고서, 곧바로 떠난 것일까. 이성민은 편지를 읽어 내렸다.

담담한 문장 속에 불안과 두려움이 있었다. 백소고는, 사저는. 잘 알고 있었다. 타인이 옳지 않다고 말한 것에 대해. 편협하고 이기적이다. 아집이다. 독선적이다. 그 모든 비난을 스스로 잘 알고 있었다.

알에도 할 수밖에 없었다. 불안하다고 하여도, 그것이 백소고를 지탱해 온 것이기 때문에.

인사하고 가지 못해서 미안해, 사제. 사제와 조금 더 오래 있고 싶었는데. 사실 나는 두려워. 어쩔 수 없잖아. 나는 인간이니까.

1000년은 길었어. 길고 외로웠지. 미치지 않기 위해 했던 생각과 고민들이 오히려 나를 미치게 만들었나 봐. 나는 옳지 않을지도 몰라. 이기적이라는 것도 알아. 사마련주가 했던 말들. 사제가 나한테 하지 않은 말들. 나도 잘 알고 있어.

하지만 말이야, 사제. 어쩔 수 없는 거야. 1000년을 고민했고 나는 내 나름대로 결론을 냈어. 그러니까, 나는. 옳지 않다는 것을 알아도 내 스스로 확실한 답을 내리기 위해 행동해야만 해. 악의 근절. 우스운 것이지만, 나는 정말로 이것을 위해 행동해 보려 해.

두려워. 두렵지만 해야 해. 가끔 나는 내 머릿속에서 목소리를 듣곤 해. 그것을 들을 때마다 자각하지. 내가 정말로 이상해졌구나, 하고 말이야.

무당에 간다고 했었지. 그곳에서 내가 원하는 답을 얻을 수 있을지 없을지는 나도 잘 모르겠어. 그래도…… 가볼 거야. 나는 무당에 가본 적은 없거든. 사실은 사제랑 함께 가보고 싶었어. 사제, 그거 알아? 무당의 산이 얼마나 아름다운지. 겨울 지나 봄이 되면, 무당산은 샛노란 개나리가 만개해 황금빛으로 물든다고 해. 언젠가 사제랑도 한 번 가보았으면 좋겠어.

나는 괜찮아, 사제. 두렵고, 불안하고…… 그렇지만, 나는 아직까지는 나 자신을 믿고 있어. 그러니, 사제도 나를 믿어줬으면 좋겠어.

우리는 다시 만날 수 있을 거야.

편지는 그렇게 갑자기 끝이 났다. 편지에 적힌 글씨는, 산에서 백소고가 나뭇가지를 잡고서 쓰던 글줄보다 엉망이었다. 편지를 모두 읽었음에도 이성민은 한참 동안 그곳에 서 있었다.

[잡으러 안 갈 거냐?]

허주가 질문했다. 이성민은 편지를 고이 접어 품 안에 넣었다.

"……사저가 말했잖아. 믿어 달라고."

[광인을 믿겠다는 거냐?]

"믿어."

이성민은 머리를 끄덕거렸다.

"사저가 자신을 믿고 있으니까."

그래도, 마지막 인사라도 하고 갔으면 좋았으련만.

이성민은 손목의 팔찌를 어루만지며 생각했다.

6장
동행(1)

　아벨과 로이드는 다음 날 사마련을 떠났다. 사마련주는 그들을 배웅하지 않았고, 그들 역시 사마련주에게 떠나겠다는 말을 전하지는 않았다.

　종언이 찾아올 것을 의식하고 힘을 합치겠다 하기는 하였지만, 아벨은 사마련주에게 호감을 갖지는 않았다.

　"검선한테 뒈졌으면 좋겠군."

　그것은 사마련주도 마찬가지였다.

　그는 무턱대고 찾아온 아벨에게, 명확한 해답을 내놓을 것도 아니면서 짜증스러운 말을 잔뜩 전한 아벨에게 호감을 갖지는 않았다.

　사마련주가 보는 앞에 앉아 가부좌를 틀고 있던 이성민이 목소리를 냈다.

"진심으로 하는 말이십니까?"

"그럼 거짓으로 하겠느냐? 하지만, 흠. 검선이라고 해도 저 마법사를 죽이는 것은 그리 쉬운 일은 아닐 게야."

"마법사 길드장이 그렇게 강했던 겁니까?"

"마법이라는 것의 수준에 대해서는 본좌도 잘 가늠이 안 되기는 하지만, 아마 마법이라는 분야에 있어서는 본좌나 검선, 무신과 동등한 격이라고 봐도 좋을 것이다."

그 말에 이성민은 조금 놀라버렸다. 질 나쁜 말을 주저 없이 쏟아내던 아벨이 그렇게까지 뛰어난 마법사였단 말인가?

이성민은 엔비루스와 아르베스를 떠올렸다. 이성민이 알고 있는 마법사 중에서 가장 뛰어난 자들은 그 둘이었다.

어르무리에서 엔비루스가 이성민을 죽이려 했을 때.

그때의 이성민은 운이 좋았다.

엔비루스가 거듭된 정령의 역소환으로 큰 타격을 입지 않았더라면, 마나와의 계약을 어기는 것으로 체내에서부터 마나가 폭주하지 않았더라면.

엔비루스가 이성민에게 그렇게까지 곤란을 겪지는 않았을 것이다.

아르베스도 마찬가지다. 비록 김종현의 배신으로 허무한 소멸을 맞기는 했지만, 아르베스를 포함하여 프레데터의 다섯별은 지금의 이성민으로서도 쉽사리 싸움을 걸 수 없을 만큼의 괴물이었다.

그것은 프레데터라는 집단이 얼마나 큰 힘을 가지고 있는 것인지 증명하는 것이다.

그들 대부분은 창왕급의 실력을 가진 괴물들이며, 실질적으로 프레데터의 수장을 맡고 있는 제니엘라는 그 힘이 어느 정도인지 추측이 안 된다.

'볼란데르, 주원, 제니엘라.'

이성민이 만난 프레데터의 수장들.

초월지경에 오르고서 그들을 만났으나, 이성민은 그들을 마주할 때마다 싸우고 싶다는 기분을 느낀 적은 없었다.

"꽤 돌아다닐 생각이다."

사마련주가 이성민의 혈도를 짚었다. 흘러들어 온 사마련주의 내력이 이성민의 혈도를 타고 흐른다.

"무림맹에 갔다가 북쪽에도 가볼 생각이다."

"……북쪽? 갑자기 그곳은 왜 가시는 겁니까?"

"마법사 길드장이 말하지 않았나. 그곳에 있는 뱀파이어 퀸이 미래를 볼 수 있다고."

설마. 이성민은 불안한 표정을 지었다. 사마련주를 돌아보고 싶었으나, 그럴 수가 없었다. 그는 지금 자신의 체내에 흐르는 요력의 흐름을 억제하고 있었다.

오슬라가 만들어 준 가면을 쓰는 것으로 요력을 억제하기는 하였으나, 그렇다고 폭주가 아무런 여파 없이 끝난 것은 아니었다.

기혈에 진하게 요력이 남아 있어, 내공을 일으키면 의도치 않게 요력이 내공에 뒤섞인다.

그것은 자연스레 몸 안의 요력을 자극하여 요력을 꿈틀거리게 만든다.

지금 사마련주는 점혈법으로 이성민의 혈도에 내력을 흘려보내, 요력을 밀어내고 있었다.

"……뱀파이어 퀸과 담판을 지으러 가시는 겁니까?"

"담판이라고 할 것까지야. 만나서 이런저런 이야기나 나눠볼 생각이다만."

"상대가 뱀파이어 퀸인데?"

"그게 뭐 어쨌다는 거냐. 본좌는 인외라고 해서 차별하지는 않는다. 실제로 본좌의 제자인 너는 이런 병신같은 몸뚱이를 가지고 있지 않으냐."

사마련주가 이죽거렸다.

"위험할 것 같습니다만. 뱀파이어 퀸의 강함도 그렇고, 북쪽에는 주원도 있습니다."

"그 라이칸슬로프의 왕 말이지? 본좌는 그들과 싸우고자 가는 것은 아니야. 영 상황이 좋지 않다면 싸움보다는 몸을 빼는 것을 우선으로 할 생각이고."

투웅.

사마련주의 양손이 이성민의 등을 두드렸다. 이성민의 입에서 검은 피가 뱉어졌다.

"마법사 길드장은 미래를 알고 있는 뱀파이어 퀸을 경계하는 모양이었지만. 본좌의 생각은 다르다. 그 괴물이 어떤 미래를 보았고, 어떤 미래를 바라는 것인지는 모르겠다만…… 어느 쪽이든 간에 그 괴물이 본 미래를 알아야 한다고 생각해. 그래야 피할지 말지 결정할 수 있을 테니까."

사마련주는 그렇게 말하며 몸을 일으켰다. 쭈욱 기지개를 켜는 사마련주를 의식하며, 이성민은 허주에게 질문했다.

'스승님과 뱀파이어 퀸이 죽고자 싸운다면 누가 이길까?'

[상성이 좋지 않다.]

허주가 대답했다.

[저 인간의 강함은 어르신도 인정하는 바이다만. 제니엘라는 이 어르신이 죽었을 때와 비교가 안 될 정도로 강해졌어. 이 어르신이 죽기 전의 제니엘라라면 저 인간의 상대가 되지 못할 것 같기는 하지만…….]

'지금은 아니라는 건가?'

[까놓고 말해서, 잘 모르겠다. 저 인간이 얼마나 강한지는 아직 제대로 본 적이 없어. 네놈에게 무공을 지도했을 때야 전력을 다하지도 않았었고.]

'그런데 왜 상성이 안 좋다는 것이지?'

[상대가 뱀파이어니까.]

생각할 것도 없다는 듯이 허주가 즉답했다.

[네가 싸웠던 뱀파이어들은 가진 힘은 둘째치고서 뱀파이어로서의 격은 높지 않았다. 죽이는 것이 가능하지 않았느냐.]

'……격 높은 뱀파이어는 죽이는 것이 불가능한가?'

[아주 불가능하지는 않지. 엄청나게 힘들 뿐. 특히 달이 뜬 밤이라면 제니엘라급의 뱀파이어는 불사에 가까운 존재가 된다. 보름달 아래에서는 완전한 불사의 존재가 되어버리고. 그렇다고 낮에 죽이는 것이 쉬운 것은 아니야. 그 계집은 수백 년 동안 살아오며 수많은 피를 마셨을 테고 그만한 힘을 축적하였을 테니. 인간을 죽음으로 몰아가는 치명상이라 해도 그 계집에게 있어서는 별것 아닌 상처일 것이다.]

그래서 질이 나쁘다. 상대는 불사에 가까운 괴물에 강력한 힘까지 가지고 있지만, 사마련주는 아무리 강하다고 해봐야 인간일 뿐이다.

죽여도 죽여도 죽지 않는 괴물을 상대로 어떻게 싸워야 한단 말인가?

[엄청 쉽지. 재생할 틈도 없이 패버리면 된다.]

'그래, 참 쉽군.'

뱀파이어 퀸을 상대로 저런 방법을 공략법이라고 내세울 수 있는 것은 허주 정도밖에 없을 것이다.

⛪

갑판 위에는 사기(死氣)가 가득했다. 흑마법사로서 긴 세월 죽음을 곁에 두었던 김종현조차도 이 정도로 농밀한 사기를 만나는 것은 처음이었다.

바다가 흔들릴 때마다 낡은 유령선의 갑판이 끼익거리며 비명을 지른다.

그 한가운데에 선 김종현은 재촉하지 않고 차분하게 기다렸다.

그를 빙 둘러싼 데스나이트들은 아무런 말도, 행동도 취하지 않았다.

그저 우두커니 서서 김종현을 보기만 할 뿐. 김종현은 크게 숨을 삼켰다. 긴장을 떨쳐내기 위해서가 아니라, 갑판 위에 가득한 사기를 호흡하기 위해.

'아. 좋군.'

김종현은 만족스러운 기분을 느끼면서 빙그레 웃었다.

몸 안에 있는 마왕의 장기가, 호흡하여 가득 들어온 사기에 기뻐하고 있었다.

그리고 어느 순간. 갑판 위에 흐르고 있던 사기가 크게 부푼다.

나와 있던 데스나이트들이 발산하는 사기를 모조리 휘감는 그것은 선실에서 걸어 나오는 한 명의 데스나이트가 발하는 사기였다.

김종현은 걸어 나오는 데스나이트가 이곳에 있는 데스나이트들을 이끌고 있는 볼란데르라는 것을 눈치챘다.

"처음 뵙는군요."

"너에 대한 이야기는 들었지."

볼란데르가 중얼거렸다. 볼란데르와 데스나이트들은 프레데터의 한 축을 담당하고 있었으나, 다른 인외들과는 그리 친밀한 관계는 아니었다. 그것은 데스나이트들이 한때는 인간이었기 때문이었다.

물론 한때 인간이었다는 점은 프레데터의 모든 인외들이 공유하는 것이다.

하지만 데스나이트와 리치, 라이칸슬로프, 뱀파이어, 요괴는 가치관이 다르다.

엄밀히 말하자면, 데스나이트들이 저리된 것은 저주라고 해야 한다.

자의로 데스나이트가 된 이들이 없는 것은 아니지만, 볼란데르를 포함한 이 배에 있는 대부분의 데스나이트는 저주에 걸려 데스나이트가 된 존재들이었다.

"네가 아르베스를 소멸시키고 그의 힘을 빼앗았다지."

"예."

"죽어야 할 놈이었다. 너무 늦긴 했지만 말이다."

볼란데르는 아르베스를 그리 좋아하지 않았다. 아니, 아르베스뿐만이 아니었다.

제니엘라도, 지금은 죽은 적귀도. 그나마 주원은 인정하고 있었지만, 식인을 한다는 점에 있어서는 주원도 그리 마음에 들지 않는 대상인 것은 똑같았다.

"하지만. 네가 아르베스를 죽인 것과는 별개로. 네가 북쪽에서 벌인 악행들은 그리 마음에 들지는 않아."

'데스나이트인 주제에 기사도를 따지는군.'

김종현은 그런 볼란데르의 태도가 우스웠으나, 노골적으로 비웃음을 보이지는 않았다.

아직은 그럴 때가 아니었기 때문이다. 김종현은 볼란데르의 수준을 가늠해 보았다.

김종현을 곤궁에 빠뜨렸던 흑룡협과 비교해도 큰 손색이 없어 보이는 힘이었다.

볼란데르뿐만이 아니다.

이곳에 있는 데스나이트들. 무림 문파라고 뻗대는 곳 중에서 저들만큼의 힘을 가진 세력을 찾기 힘들 것이다.

"내가 왜 이곳에 온 것인지 아십니까?"

"모른다."

볼란데르가 머리를 가로저었다. 김종현은 큭큭 웃으면서 말을 이었다.

"당신들을 찾아오기 위해 꽤 고생했습니다. 바다는 넓었으니까. 유령선의 목격정보를 쫓아 얼마나 이 바다를 헤매었는지……."

"무엇을 위해 그런 수고를 들였나?"

"나는 당신들이 바라 마다치 않는 것을 줄 수 있습니다."

김종현은 부드러운 목소리로 말했다. 그 말에 볼란데르는 반응을 보이지 않았다. 얼굴을 갖지 않는 데스나이트이기에 표정을 통해 동요를 느낄 수도 없었다.

하지만 김종현은, 볼란데르가 내뿜고 있는 사기가 고요히 가라앉는 것을 느꼈다.

"설명하라."

볼란데르가 입을 열었다.

스르룽!

김종현을 둘러싸고 있던 데스나이트 수십이 동시에 무기를 뽑았다.

"너는 인간이면서 인간이 아니군. 내가 보았던 그 어떤 인외들과도 이질적이야. 하지만…… 네가 아무리 뛰어난 흑마법과 강한 힘을 가지고 있다고 하여도. 이곳에서 벗어나기는 쉽지 않을 것이다."

"벗어날 생각은 없습니다. 나는 당신들과 거래를 하러 온 것 뿐이에요."

"우리와 거래할 수 있다고 생각하나?"

"너무 날을 세우지는 마시죠."

김종현은 큭큭 웃으며 말했다.

"나는 당신들이 원하는 것이 무엇인지 알고 있고, 당신들이 왜 이 넓은 바다에 나와 무의미한 짓을 하고 있는 것인지도 알고 있습니다."

"무의미한 짓?"

"예. 당신들이 찾고 있는 드래곤은 이 바다에 없습니다. 이 세상 어디를 가도 있질 않아요. 이미 이 세상의 모든 드래곤은 다른 차원으로 이주해 버렸단 말입니다."

볼란데르는 뭐라 반응을 보이지 않았다. 그는 무턱대고 김종현의 말을 믿는 것은 아니었지만, 그렇다고 김종현의 말이 거짓이라 단정 짓지도 않았다.

우선, 그는 김종현의 말을 계속해서 들어 볼 생각이었다.

"이 세상에 드래곤이 없는 이상. 당신들이 데스나이트에서 인간으로 돌아갈 방법은 없습니다. 하지만……"

김종현은 품 안에서 그리모어를 꺼냈다. 시커먼 마도서는 김종현의 손 위에서 날아올라 공중으로 떠올랐다.

"나는 당신들을 인간으로 만들어 줄 수 있습니다."

"그 말이 사실이라는 증거는?"

볼란데르가 물었다.

"내가 한 말은 모두가 진실입니다. 맹세할 수도 있어요."

"그래서. 너는 우리에게 무엇을 바라는가?"

동요가 만들어진다. 주변을 둘러싸고 있던 데스나이트들이 만들어내는 동요였다.

그들은 인간으로 돌아갈 수 있을지도 모른다는 사실에 웅성거리고 있었다.

"당신을 포함해서. 이 배의 많은 데스나이트들을 인간으로 되돌리는 것은 쉬운 일이 아닙니다."

"가능한지, 불가능한지. 그것만 말하라."

"충분한 준비가 갖추어진다면 불가능할 것도 없지요."

김종현이 이를 드러내며 웃었다. 김종현의 웃음을 보며 볼란데르가 다시 질문했다.

"충분한 준비라면, 어떤 준비를 말하는 것인가?"

"죽음과 영혼."

김종현은 주저 없이 대답했다.

"심장, 피."

데스나이트들이 웅성거린다.

볼란데르는 잠깐 동안 침묵했다. 데스나이트가 되면서까지

지키고 있던 것이 그 나름의 기사도였다.

　그것이야말로 볼란데르와 배 위의 데스나이트들이, 인외가 되면서도 가지고 있던 최후의 인간성이라고 할 수 있는 것들이었다.

　"……어느 정도나?"

　"산 정도는 이루어야겠지요?"

　의미 없었다. 인간으로 다시 돌아갈 수 있을지도 모르는데. 만약 이 세상에 정말로 드래곤이 없는 것이라면…… 애초에 드래곤을 만난다고 해도, 드래곤이 부탁을 알겠다고 들어줄 거라는 확신도 없었거니와, 가능의 여부도 모르지 않았나.

　"우선 증명하라."

　볼란데르는 낮은 목소리로 고했다.

　김종현은 얼굴 가득 미소를 지으며 마나에게 자신의 진실을 맹세했다.

　산 숲 깊은 곳에는 작은 오두막이 있었다. 그나마 그 주변이라 할 수 있는 마을에서 살아가는 사람들은, 노인과 손녀를 두고서 많은 이야기를 중얼거렸다.

　노인은 역병에 걸렸고, 불쌍한 어린 손녀가 하나뿐인 혈육을 돌본다는 것이 소문 중 하나였다.

소문은 다양했다. 역병에 걸린 것은 노인이 아닌 손녀라는 이야기. 사실 손녀는 역병이 아닌 광증을 앓고 있다는 이야기.

근거 없는 소문은 아니었다. 노인은 가끔 마을 근처까지 나와 필요한 물품 따위를 사 가곤 했는데, 그때마다 노인은 얼굴은커녕 손끝조차도 보이지 않는 길고 두꺼운 로브를 입고 나왔기 때문이었다.

자연스레 사람들은 노인이 역병에 걸려 얼굴이 추하게 엉키고 손끝의 살이 뭉개졌기 때문이라 추측했다.

손녀의 광증에 대해서도 이유는 있었다. 숲을 떠도는 사냥꾼이나 나무꾼들이, 손녀가 알 수 없는 괴상망측한 비명과 고함을 지르며 숲 안을 뛰어다니는 것을 몇 번이나 본 적이 있었기 때문이었다.

"어떠냐, 산속도 꽤 즐겁지?"

프레스칸은 로브의 후드를 뒤로 넘기면서 말했다. 그렇게 후드를 넘기기는 했지만, 리치인 프레스칸은 얼굴을 가지고 있지 않다.

그 말에 장작이 타들어 가는 벽난로 앞에 앉아 있던 아이네가 중얼거렸다.

"즐겁지 않아."

"왜 그러냐? 산속에는 먹을 것은 얼마든지 있는데. 산딸기가 꽤 맛있지 않으냐?"

그렇게 말하기는 했지만, 프레스칸은 산딸기의 맛 따위는 알지 못했다. 리치가 되기 이전에 산딸기를 먹어 본 적이 있었던 것 같은데…… 너무 오래전이라 맛 같은 것은 기억이 나지 않았다.

리치는 음식을 먹을 필요도, 음료를 마실 필요도 없다. 애초에 먹는 것도 불가능하고 맛을 느끼는 것도 불가능하다.

"먹을 것이 고기만 있는 것은 아니잖느냐."

프레스칸은 자애로운 목소리로 말했다. 한때 악명을 떨치고, 수많은 인체 실험을 자행했던 흑마법사이자 리치라고는 생각할 수가 없었다.

무슨 상관인가? 그건 그거고, 이건 이거일 뿐이다. 프레스칸은 진심으로 그렇게 생각하고 있었다.

이건 위선 따위가 아니다. 이 세상 그 무엇보다 아름답고 찬란한 감정은 무엇인가? 사랑이다. 그중 가장 고귀하고 진실되며 순수한 것은 자식에 대한 부모의 사랑일 것이다.

그렇다. 부성애다. 지금 프레스칸은 포근한 부성애로 충만해 있었다.

프레스칸은 자신이 얼굴이 없다는 것과 표정을 지을 수 없다는 것에 아쉬움을 느꼈다.

만약 그럴 수 있었더라면, 자신의 딸을 향해 이 세상 그 어떤 아버지보다 애정 가득한 미소를 지을 수 있었을 텐데.

"바다는 언제 갈 거야?"

"시간은 얼마든지 있지 않느냐. 이곳에서 충분히 여유를 즐긴 뒤에, 함께 바다를 보러 가자꾸나."

"고기가 먹고 싶은걸."

아이네가 투덜거렸다. 어르무리에서의 일 이후로 그녀는 간헐적으로 폭식 충동에 휘말리곤 했다.

이성을 상실할 정도는 아니었지만, 그 진한 충동이 몸을 휘감게 되면 아이네는 앞뒤 가리지 않고 보이는 것을 모조리 먹어치우려 든다.

딸이 원하는 것을 하게끔 내버려 두고 싶기는 했지만, 가끔은 따끔하게 혼을 내고 하지 못하게 하는 것도 아버지의 역할이다.

프레스칸은 결혼을 해본 적도, 딸을 낳아 본 적도 없었지만, 아이네를 진심으로 딸이라 여기고 있었기 때문에, 아버지로서 해야 할 일에 대해서는 완전히 이해하고 있었다.

게다가 장기적으로 본다면 좋지 않은 일이다. 보이는 사람을 모조리 잡아먹는다면 당연히 적도 늘어난다.

어지간한 놈은 아이네와 프레스칸을 위협하지 못하겠지만, 세상은 넓고 괴물보다 더 괴물 같은 힘을 가진 놈들이 많다는 것을 프레스칸은 잘 알고 있었다.

그렇기에 프레스칸은 산속 깊은 곳으로 들어왔다.

부녀다운, 여유로운 생활이라는 것을 해보고 싶어서이기도 했고, 아이네의 폭식 충동을 최대한 억제하기 위해서이기도 했다. 그리고 이유가 그것이 전부는 아니었다.

프레스칸은 아이네가 사람다움에 즐거움을 느끼기를 바라고 있었다. 아주 작게나마.

모순되었다는 것은 알았지만, 이 역시 아버지의 마음이다.

프레스칸은 리치가 된 것에 대해 크게 후회한 적은 없었으나, 아주 가끔…… 인간이었을 때를 그리워하곤 했다.

맛 좋은 음식을 먹는 것. 기분 좋게 취할 정도로 술을 마시는 것. 노곤한 몸과 정신을 푹신하고 넓은 침대에 뉘어 잠들게 하는 것.

꼭 그런 생활만이 아니더라도. 프레스칸은 아이네가 많은 것을 느끼게 하고, 경험하게 해주고 싶었다.

산에서의 생활은 지루하고 심심하였으나 여유로웠다. 이 산에서 생활하면서는 마법 연구도 거의 하지 않았다.

마을에 드나들어 아이네만을 위한 생필품을 구입했다. 여태까지 살면서 그런 생활을 했던 적이 없었기에, 프레스칸은 소소한 즐거움을 느끼고 있었다.

"내 요리 솜씨도 꽤 나아지지 않았느냐?"

"전혀."

가끔 아이네를 위해 직접 요리를 하곤 했는데, 아이네는 해준 요리를 다 먹는 주제에 항상 불만을 표현했다.

어쩔 수 없는 일이었다. 음식을 먹는 것이 불가능한 프레스칸이 하는 요리는 항상 간이 엉망이었기 때문이다.

프레스칸은 아이네의 투덜거림을 들으며 킬킬 웃었다.

문이 열리는 것조차 알지 못하고.

먼저 반응한 것은 아이네였다. 어르무리에서의 일 이후로 그녀의 감각은 이전과 비교도 할 수 없이 날카로웠다.

무공에 대한 이해도는 제쳐 두더라도, 육체의 강인함과 본능은 초월지경 고수와 비교해도 손색이 없을 정도였다.

파악!

용수철이 휘어져 튕기듯 아이네의 몸이 뒤로 날았다. 열린문 앞에 선 아이네의 오른팔이 꿈틀거린다.

오두막 주변에는 침입자에 대처하기 위한 다양한 마법들이 준비되어 있었다.

하지만 오두막의 문이 열릴 때까지 프레스칸과 아이네는 침입자의 존재를 눈치채지도 못하고 있었다.

"얌전히."

끼이익.

천천히 열리는 문틈 너머로 소곤거리는 목소리가 들려온다. 그 목소리에 아이네의 얼굴이 창백해진다.

아이네는 순간 자신이 느낀 감정을 부정하듯이, 칼날로 변이한 오른팔을 휘둘렀다.

칼날이 보이지 않을 정도의 빠른 속도로 공간을 양단한 순간, 프레스칸은 피식거리는 선명한 비웃음 소리를 들었다.

콰드드득!

칼날이 끝까지 휘둘러지지 못했다. 칼날과 이어져 있던 아이네의 오른팔이 꽈배기처럼 배배 꼬였다.

뼈가 박살 나고 근육과 혈관과 피부가 찢어진다. 팔뿐만이 아니었다.

우두둑…… 뜨드득!

머리 아래의 몸뚱이가 배배 꼬이고 찢긴 피부에서 피가 줄기차게 뿜어졌다.

"왜 그래? 모르는 것도 아니면서."

"크…… 르르륵……!"

그런 상태가 되었음에도 아이네는 죽지 않는다. 오히려 꼬아진 몸뚱이가 원래 상태로 빠르게 돌아가면서 회복된다.

문을 열고 안으로 들어오던 제니엘라는 그런 아이네를 내려보면서 송곳니를 드러내며 웃었다.

"예전보다 튼튼해졌구나."

"크……!"

아이네가 비틀거리며 몸을 일으킨다.

우둑, 우두둑!

아이네의 몸 전체가 변이되었다. 무수히 많은 칼날과 촉수가 그녀의 몸을 중심으로 솟구쳤다.

그 흉측한 모습을 보면서도 제니엘라는 조금도 위축되지 않았다. 자리에서 벌떡 일어선 프레스칸은 경악하여 덜덜 몸을 떨었다.

이곳은 제니엘라가 있는 북쪽 트라비아에서 한참이나 떨어진 곳이다.

수백 년 동안 트라비아를 떠나지 않았던 뱀파이어 퀸이 대체 왜 이곳에 있단 말인가?

"너무 경계하지는 마. 난 악의를 가지고 온 것은 아니란 말이야."

"다, 당신이 대체 왜 이곳에……?"

"슬슬 이렇게 행동해야 할 때가 온 것 같아서."

제니엘라의 행동은, 그녀가 보았던 미래에 최대한 근접하는 것을 목적으로 두고 있다.

물론 제니엘라는 그런 것에 대해 아이네나 프레스칸에게 설명해 줄 마음은 없었다.

다만, 그녀가 미래를 보는 마안으로 보았던. 뚝뚝 끊어지는 미래의 단편 중에, 아이네와 프레스칸과 함께 있던 영상이 있었다.

'어쩌면 저 키메라가 학살포식인 것일까?'

가능성이 아주 없는 것은 아니라고 생각한다. 프레스칸이 만들어낸 심장은 학살포식의 가능성을 넘치도록 가지고 있었다.

하지만…… 저 키메라가 학살포식이라면. 제니엘라는 내심 혀를 찼다.

지금으로서는 수준이 떨어져도 너무 떨어지잖나. 재생의 속도는 더할 나위 없이 뛰어나고, 육체의 강인함도 꽤 훌륭하다고는 해줄 수 있겠다만. 그걸 다루는 방법이 너무 미숙하다.

"너희를 죽일 생각은 없어. 애초에 너희들은 나에게 죽을 만한 일을 하지도 않았잖아."

프레스칸과 아이네를 아르베스에게 빌려주었던 것은, 제니엘라가 자신이 보았던 미래와 연결하기 위해서였다.

사실 그때까지만 해도, 제니엘라는 아르베스가 목적을 이루고 아이네의 몸을 빼앗아, 학살포식이 될 것이라고 생각했었다.

'설마 아르베스가 그렇게 죽을 줄은 몰랐지만.'

제니엘라는 어르무리에서 이성민도 있었다는 것은 알지 못했다.

그것뿐만이 아니다. 그녀가 본 미래의 영상에서, 이성민이 잡혔던 적은 없었다.

"소꿉놀이는 재미있었어?"

제니엘라는 그렇게 말하면서 주변을 쭉 둘러보았다. 어울리지 않게 아기자기하게 꾸며진 집들. 제니엘라는 적의를 줄이지 않고 이쪽을 노려보는 아이네를 향해 손을 뻗었다.

제니엘라가 웃는 얼굴로 경고했다.

"주제도 모르는 인조물이."

"그, 그만!"

제니엘라가 아이네의 몸을 부수려 할 때, 프레스칸이 급히 나서서 제니엘라의 앞을 가로막았다.

제니엘라는 그런 프레스칸을 향해 이죽거렸다.

"라이프 포스 배슬을 믿고 내 앞에 서는 거야?"

"저, 저 아이가 아파하는 모습을 보고 싶지 않은 것뿐입니다……"

"안 어울리는 말을 하는구나."

"우리에게 뭘 바라시는 겁니까……? 왜 당신이 이곳까지 온 겁니까……!"

"왜 왔겠어?"

제니엘라가 뻗은 손을 아래로 내리며 말했다.

"너희를 데려가기 위해서 왔지."

"……예?"

"내 저택으로."

제니엘라의 붉은 눈이 반원으로 휘어졌다.

"트라비아로 말이야."

"정말 괜찮으신 겁니까?"

이성민은 걱정스러운 얼굴로 스칼렛을 향해 물었다.

엷은 갈색의 로브를 몸에 두르고서 거울 앞에 서서 이리저리 각도를 바꿔가며 보던 스칼렛은, 부스스한 머리를 양손으로 꾹 누르면서 대답했다.

"안 괜찮을 것은 또 뭔데?"

"위험할지도 모릅니다."

"내 생각에는 나 혼자 이곳에 남는 것이 더 위험해."

스칼렛이 코웃음을 치면서 대답했다.

"너와 사마련주가 이곳을 떠난다면, 사마련은 텅 비게 되잖아. 네가 당가를 뒤집어 놓은 덕에 사마련에 대한 정파의 불만이 높아져 있는데. 너랑 사마련주가 나가서 사고를 더 쳤을 때, 빈집을 습격하겠답시고 정파 놈들이 쳐들어오면 나는 어떻게 하라고?"

"……그들이 그렇게 무식한 짓을 할 것 같지는 않은데요."

"걔들은 사마련주의 후계자가 대뜸 당가를 뒤집어 놓을지 알았겠니? 사람 일은 모르는 거야. 세상은 넓고 또라이는 많다고."

"……크흠."

스칼렛이 태도를 굽히지 않자 이성민은 민망하다는 듯이 헛기침을 내뱉었다.

이미 사마련주와는 이야기가 되어 있다.

이성민과 사마련주는 당분간 사마련을 떠나 정파 무림맹으로 향할 생각이었고, 스칼렛은 사마련에 남아 있는 것이 위험하다 판단하여 그들과 동행하기로 했다.

"왜. 나랑 같이 여행하는 것이 불편해?"

"그건 아닙니다."

"기억나? 예전에 말이야. 네가 베헨게르에서 소림으로 떠났을 때, 같이 여행했었잖아. 일 년도 안 되기는 했지만, 그럭저럭 즐거웠지."

스칼렛은 그렇게 중얼거리며 킬킬 웃었다.

"그때의 너는 표정만 늙었지, 그래도 그럭저럭 앳된 모습이 남아 있어서 꽤 귀여웠는데 말이야."

"안 귀여웠습니다."

"그건 네 생각이고. 그래도 번듯하게 잘 자랐으니까 됐어. 알아? 김종현 토벌 때, 네가 인피면구 뒤집어쓰고 왔을 때에. 네 얼굴이 어렸을 때랑 비교해서 너무 망가져서 내가 얼마나 안타까웠는지."

"안타까운 건 또 뭡니까?"

"그나마 봐줄 만했던 얼굴이 망가졌으니 네 인생이 안타까
웠지."

스칼렛은 킥킥 웃으며 그렇게 놀려댔다. 그러면서 빙글 몸
을 돌려 이성민을 보았다. 그녀는 몸에 두른 로브를 양손으로
잡고 팔락거리며 이성민에게 물었다.

"어때?"

"예쁘네요."

"진짜 영혼 없다, 너."

이성민의 무뚝뚝한 반응에 스칼렛이 정색하고서 투덜거렸다.

to be continued

Wish Books
OTHER VOICES
악마의 음악
WISHBOOKS MODERN FANTASY STORY
경우勁雨 현대 판타지 장편소설
[악마의 목소리가 담긴 음악으로
세상에 행복을 줄 수 있을까?]
지미 헨드릭스부터 라흐마니노프까지
꿈속에서 만나는 역사적 뮤지션!
노래를 사랑하는 소년에게 나타난 악마.
그런 소년에게 내려진 악마들의 축복.
악마의 음악
수많은 악마의 축복 속에서
세상을 향한 소년의 노래가 시작된다.